KB000888

사랑을 배웠습니다

천사를 만나고

# 천사를 만나고 사랑을 배웠습니다

배은희 에세이

행복한 이별을 준비하는
우리는 위탁가족입니다

우리 막내 은지는 엄마가 둘입니다.

낳아준 엄마와 위탁엄마. 나는 은지의 위탁엄마입니다.

우리는 언젠가 헤어져야 하기에 만날 때부터

이별을 준비했습니다.


이 책도 언제가 될지 모르는 우리의 이별을 위한

준비 작업입니다. 은지와 어떻게 가족이 되었는지,

어떻게 서로의 삶에 깊숙이 스며들었는지 그 과정을

기록하는 건 우리의 역사를 남기는 일이기 때문입니다.

국내에서 처음으로 소개하는 위탁가족 이야기라서
겁이 났습니다. 혈연가족도 아니고, 입양가족도 아닌
우리의 이야기가 어떻게 읽힐까?
은지가 상처받지는 않을까?
두려움 때문에 한동안 멈춰 서 있었습니다.

『오즈의 마법사』에 나오는 겁쟁이 사자처럼 내게도 용기가
필요했습니다. 허수아비가 두뇌를, 양철 나무꾼이 심장을,
사자가 물약을 받은 것처럼 내게도 동화 같은 선물이
짜잔 하고 주어지길 바랐습니다.

하지만 용기는 받는 게 아니라 '발견'하는 것이었습니다.
위탁가족으로 살면서 편견을 마주할 때마다, 단단한 관념에
부딪힐 때마다, 나는 내 안에서 용기를 찾아야 했습니다.
마른 풀처럼 바스락거리는 작은 용기라도 발견한 날에는
그 힘으로 또 하루를 살았습니다.

나는 은지의 위탁 엄마입니다.
생후 11개월이었던 은지를 만나 위탁엄마가 되었습니다.
그러니까 은지가 엄마 배 속에 있을 때 얼마나 배가 나왔는지,

태어날 때 얼마큼 우렁차게 울었는지,

은지 이름은 누가 지어줬는지 알지 못합니다.

그래서 은지가 물어볼 때마다 대답해줄 수가 없습니다.

임신과 출산을 건너뛰고 엄마가 되었으니까요.


그래서 위탁엄마로 사는 동안 은지와의 시간을

빼놓지 않고 기록해두었습니다.

덕분에 은지가 첫걸음을 뗀 날,

처음으로 이가 빠진 날, 낳아준 엄마를 만나러 간 날을

지금도 생생히 기억하고 있습니다.


그렇게 7년이 흘렀습니다. 은지는 초등학교 1학년이 됐고,

조잘조잘 쉬지 않고 이야기하는 왕수다쟁이가 됐습니다.

이제는 보조 바퀴를 떼고서도 자전거를 잘 타고,

밥을 먹고 스스로 그릇을 치우는 의젓한 언니가 되었습니다.

은지의 성장을 이렇게 가까이에서 지켜볼 수 있다는 게

뿌듯합니다.


위탁가족이 아니었다면 경험해보지 못했을,

이 특별하고도 평범한 일상이 내 삶이어서 감사합니다.

은지를 통해 배우고 있는 가족의 사랑과 삶의 가치들이
조금씩 나를 성장시켜 줘서 또 감사합니다.
성장할 때마다 용기를 배울 수 있어서 감사합니다.

감사는 감사를 낳습니다. 내가 감사하다고 말하는 순간,
감사할 일은 더욱 많아졌습니다. 남남이 만나 가족이 되는
과정에서 절망과 후회도 있었지만, 결국 우리의 자리는
감사였습니다. 이것도 은지를 키우면서 배운 지혜입니다.

은지의 엄마로서 하루하루 살아가는 게 진심으로
감사하다고 생각할 즈음, 중앙일보에서 위탁가족 이야기를
연재해보라는 제안을 받았습니다. 운이 좋았습니다.
그렇게 만 2년간 '배은희의 색다른 동거' 칼럼을 연재했고
독자들의 응원에 덩달아 행복한 시간을 보냈습니다.

그 원고를 모으고 추려서 이렇게 한 권의 책이 되었습니다.
퇴고하면서 몇 개의 에피소드를 추가했고,
어떤 이야기는 과감히 덜어냈습니다.
원고를 모아놓고 읽다가 또 지난 추억들이 생각나서
혼자 피식피식 웃었습니다.

빵빵했던 아기 은지, 팔목이 두 번이나 볼록볼록 접혔던
우량아 은지를 업고 여기저기 자랑했던 때가 있었습니다.
그때가 얼마 전인 것 같은데, 어느새 내 앞에 있는 은지는
키가 크고 호리호리한 초등학교 1학년 학생입니다.

쑥쑥 자라는 은지를 더 생생히 기억하기 위해서라도
꾸준히 글을 쓰려고 합니다.
언젠가 은지가 내 곁을 떠나는 날, 이 이야기들을 전해주려
합니다. 그리고 꼭 안아주면서 말할 겁니다.
너는 나의 천사였다고.

가장 좋은 관계는 서로 고마워하는 관계라고 하지요.
우리가 그랬으면 좋겠습니다. 이별 후에도
서로 고마워하면서 마음은 영원히 함께했으면 좋겠습니다.
어디에 있든 우리는 가족이니까요.

아기 천사 은지에게 배운 사랑과 겸손, 희망과 용기,
사람에 대한 재발견의 이야기를 이제 시작하겠습니다.
같이 호흡하면서 때론 먹먹한 눈물로, 때론 배꼽 잡는
웃음으로 읽어주신다면 큰 위로와 격려가 될 것 같습니다.

끝으로, 이 책이 위탁가족을 이해하는 데 도움이 되었으면

하는 바람입니다. 모두 건강하시고 내내 평안하세요.


2021년 여름

찬란한 제주에서

배은희

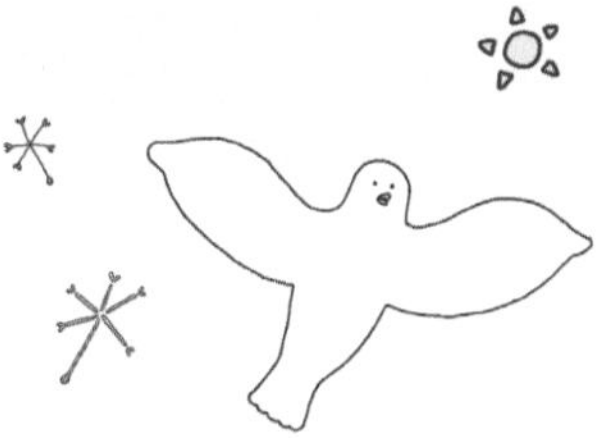

## 4. 너는 지켜진 아이란다

# 1장

## 우리는 서로의 삶을 위탁하기로 했다

# 나니아 연대기 속으로

결혼 20년 만에 아파트를 샀다. 드디어 우리 집이 생겼다. 아이들도 다 키웠고 자유롭게 보낼 수 있는 시간도 넉넉해졌다. 뒤늦게 찾아온 선물 같은 날을 보내며 나는 수시로 집 구석구석을 청소했다. 평일 오후에는 초등학교 방과후교실에 나가 그림책 읽기 수업을 했고, 주말엔 도서관에 다니며 책을 읽었다. 오랫동안 꿈꿔왔던 여유로운 삶이 조금씩 현실로 다가오는 것 같았다.

그런데 이상했다. 마냥 행복할 줄 알았는데 이유 모를 께름칙한 감정이 자꾸 올라왔다. '이렇게 좋은 걸, 나 혼자 누려도 되나?'

친정어머니가 자주 하시던 말이 있다. "부침개 하나도 나눠 먹는게 더 맛있어." 어린 나는 매일같이 이웃집으로 접시를 날랐다. 미소를 머금은 이웃들의 얼굴을 보며 나눔의 기쁨이 어떤 건지 알아갔다. 혼자 먹기보다는 나누어 먹는 게 더 행복하다는 걸 몸으로 익혀가며 배웠다.

'좋은 것을 갖는 것=좋은 것을 나누는 것'이라는 공식이 DNA 깊숙이 박혀버렸다. 결혼 20년 만에 아파트를 샀는데도 자꾸 께름칙한 감정이 올라온 건, 그 좋은 것들을 혼자 누리고 있는 내 모습이 이상해서였다. 거기까지 생각이 미치자 그럼 아파트를 어떻게 나눌지 자연스레 고민하게 되었다. 아파트는 우리 가족이 사는 소중한 보금자리였다. 그런 보금자리를 나눌 수 있는 방법은 입양이나 가정 위탁이었다.

입양이나 위탁은 예전부터 막연히 생각만 하고 있었다. 그런 건 경제적으로 여유가 있고 좀 더 안정된 삶을 사는 사람이 할 수 있는 일이라고 생각했다. 나 같은 보통 사람이 뭘…. 그런 건 뭐, 아무나 하나?

그러던 찰나 무언가에 홀린 듯이 인터넷에서 '가정위탁제도'에 대해 찾아보고 있었다. 내가 하려는 일에 대해 자세히 알 필요가 있었다.

가정위탁제도는 부모의 사정으로 가정에서의 양육이 불가능한 아이가, 시설이 아니라 가정에서 보호받고 양육되도록 돕는 제도다. 친부모를 대신해 조부모 가정이 양육하면 '대리 위탁', 이모나 삼촌 등 친인척 가정이 양육하면 '친인척 위탁', 혈연관계가 아닌 일반인 가정이 양육하면 '일반 위탁'이라고 칭한다.

친부모를 대신하는 일이니 조부모나 친인척 가정이 아이를 키워주는 게 제일 좋겠지만, 그마저도 없는 경우라면 비혈연 관계인 일반 위탁가정에 맡겨지게 된다. 되도록이면 아이를 '가정'이라는 환경 안에서 가정형 보호를 받게 하려는 취지 때문이다.

하지만 혈연 중심인 한국사회에서 피 한 방울 섞이지 않은 일반 위탁가정을 찾기란 쉽지 않다. 학대아동이나 장애아동, 영아의 경우는 더욱 힘들다. 그래서 지금은 전문위탁(학대피해아동, 장애아동, 영아 대상), 일시위탁(5세 미만 아동 대상)이 함께 운영되고 있다. 그리고 위탁가정을 돕기 위해 각 지역마다 가정위탁지원센터가 마련되어 있다.

그렇게 가정위탁제도에 대해 얼추 살펴본 다음, 무엇을 해야 할지 생각해보았다. 검색만 해서는 실행할 수 없었다. 지금 생각해도 그 용기가 어디서 나왔는지 모르겠다. 곧바로 제주가정위탁지원센터를 찾아 전화를 걸었다. 무작정 아이를 위탁하는 일에 관심이 있고 그 절차를 알고 싶다고 말하자, 담당자는 반가운 목소리로 조만간 우리 집을 방문하겠다고 했다. 얼마 뒤 정말로 담당자가 집에 찾아왔고 일은 일사천리로 진행됐다.

집 안을 둘러보고 짧은 상담을 마친 뒤, 담당자는 당부하듯 위탁부모가 되려면 반드시 가족 전체의 동의가 있어야 한다고 했다. 정기적으로 열리는 기본교육, 심화교육, 자조모임에도 꼬박꼬박 참석해야 한다고 했다. 가정과 센터가 긴밀히 연결되기 때문에 지속적인 교육, 관리를 받아야 한다는 설명이었다. 상상 이상으로 복잡한 과정이었다. 인터넷 검색만으로는 알 수 없는 부분도 많았다. 쉬운 일이 아니었기에 당장 하기는 어렵고, 먼 훗날 꼭 위탁을 해야겠다는 생각만 들었다. 교육을 받다가 적당한 상황이 되면, 내가 키울 만한 아이와 연결이 되면, 그때는 해야겠다고 장기적인 계획을 세웠다. 그렇게 나는 일상으로 돌아왔다.

신청서를 작성하고 한 달쯤 지났을까. 제주가정위탁지원센터에서 전화가 왔다. 수화기 너머에서는 차분한 목소리로 일곱 살 남자아이가 급하게 위탁가정을 찾는다는 이야기가 들려왔다. 아이 엄마는 오래전에 세상을 떠났고, 아빠는 선원으로 일하면서 배를 타고 나가면 몇 달씩 돌아오지 못하는 상황이라 아이를 맡아 키워줄 위탁가정이 필요하다고 했다.

그리고 더 중요한 이야기를 했다. 현재 아이가 위탁부모를 만나 새로운 가정에서 살고 있는데, 위탁을 하고 있는 분들의 상황이 안 좋아져서 두 번째 위탁부모를 찾는 중이라는 것이었다. 얼마나 급했으면 신청서를 쓴 지 한 달도 안 된 나에게 전화를 했을까 싶었다. 그러면서도 선뜻 대답하지 못했다. 막상 제안을 받으니 두려운 마음에 운전대를 잡은 손이 자꾸만 떨렸다. 하얀 머릿속을 헤집으며 정중하게 거절할 문장을 만들었다 지웠다.

곰곰이 생각해봤다. 엄마가 돌아가시고 아빠와는 떨어져 사는 아이. 위탁가정에서 살다가 또 다른 위탁가정을 찾게 된 아이. 그런 상황이라면 아이 마음 안에 어른들에 대한 실망감이 있지 않을까? 그 마음을 내가 품을 수 있을까? 아이가 곧 초등학교에 입학할 텐데 내가 학부모 역할을 할 수 있을까? 내가 잘할 수 있을까?

고개를 저었다. 아직은 위탁부모가 될 교육도 더 받아야 하고, 마음의 준비도 필요했다. 결국 나는 미안함을 누르며 거절의 말을 전했다. 문제는 그날 밤부터였다. 나도 남편도 마음이 무겁고 찜찜하고 속이 울렁거리기까지 했다. 차라리 몸이 힘든 게 낫다고 생각될 만큼.

결국 새벽까지 잠들지 못한 우리는 혼란스러운 마음을 솔직하게 털어놓기 시작했다.

"우리가 준비되지 않아서 거절했는데, 그 아이는 보금자리를 잃은 거네. 마음에 자꾸 걸려."

"우리, 다음에는 어떤 아이를 의뢰받든 무조건 받아들여요."

"그래요. 거절하는 게 더 힘드네. 다음엔 아이의 성별이든 나이든 따지지 말고 그대로 받아들여요. 그게 우리가 할 일인 것 같아."

그리고 그 약속을 잊을 때쯤 다시 전화가 걸려왔다.


"위탁가정이 필요한 아기가 있어요."

태어난 지 11개월 된 여자 아기인데 친엄마와 미혼모 시설에서 살고 있다고 했다. 퇴소 시기는 이미 지났는데 혼자서는 아기를 키울 수가 없어서 퇴소하지 못하는 상황이었다. 위탁 담당자는 나에게 조심스레 한마디를 덧붙였다. "친엄마가 지적장애예요."

별의별 생각이 다 들었다. '지적장애는 유전되는 게 아닌가? 할 수 있는 건 하고, 할 수 없는 건 정직하게 거절하는 게 맞는데 내가 어떻게 그런 어려운 아이를… 나는 일도 하고 있는데, 어떻게 돌도 안 된 아기를 키우지?' 나도 모르게 머릿속으로 거절할 문장들을 만들었다 지우고, 만들었다 지웠다. 고민 끝에 가족들과 함께 생각할 시간을 일주일만 달라고 부탁했다.

그리고 며칠이 지난 주말, 나와 남편과 두 아이가 모두 모여 앉았다. 남편이 먼저 말을 꺼냈다.

"생각해봤는데 우리가 아이를 물건 사듯이 선택하면 안 될 것 같아. 지난번에 약속했잖아. 다음엔 어떤 아이든 받아들이자고. 그 약속이 생각나더라고."

'그래, 그렇게 약속했었지. 그런데 말이야. 난 이제 겨우 눈곱만큼의 여유를 느낄 것 같고 지금 일도 하고 있다고. 그런데 어떻게 아기를, 그것도 돌쟁이 아기를….'

남편의 말에 머릿속이 복잡해진 내가 무어라 대답하기도 전에, 아이들이 입을 열었다.

"엄마! 주말엔 내가 친구들이랑 아기 볼게요."

"그럼 전 아기가 어린이집 갔다 오면, 놀이터에서 놀아줄게요."

가족들의 반응은 예상대로였다. 사실은 내 안에도 두려움보다 조금 더 큰 기대가 있었다. 혼자서는 할 수 없겠지만 함께라면 할 수 있겠다는 생각도 있었다. 물론 체력이나 시간이 문제였다. 그런데 함께 힘을 모아줄 가족이 있으니 새삼 용기가 생겼다.

하얀 눈의 나라 『나니아 연대기』속으로 들어가던 아이들의 발걸음에는 두려움과 설렘, 기대가 실려 있었다. 우리도 마찬가지였다. 주위를 두리번거리며 낯선 세계를 탐색하고 그 안에서 싸우고 사랑하는 사이에 우린 분명 성장할 것이다. 그래 해보자. 함께라면 할 수 있을 거야.

그렇게 우리는 벽장 문을 힘껏 열고 새로운 세계로 한 발한 발 들어가고 있었다.

아
기
천
사
를    만
      나
      던
      날

2015년 3월 2일. 쌀쌀했지만 햇빛이 비치는 제주의 늦겨울이었다. 나는 새벽부터 집 안을 서성거리며 연신 시계만 쳐다봤다. 미리 사둔 곰 인형을 챙기고, 입고 갈 옷을 꺼내놓고, 앉았다 일어났다 하며 안절부절못했다. 어떤 아이일까, 아이 엄마는 어떤 사람일까… 꼬리에 꼬리를 무는 궁금증에 가만있을 수가 없었다.

이윽고 약속 시간이 되어 급한 마음으로 집을 나섰다. 제주도 애월읍의 휑한 시골길을 달려 비포장도로가 끝나는 외딴곳. 그곳에 미혼모보호시설이 있었다. 우리는 소담하게 피어 있는 빨갛고 노란 팬지 사이를 지나 겨울과 봄이 반씩 섞인 3월의 바람을 맞으며 시설에 도착했다. 차가운 공기를 들이마시며 차에서 내려 주변을 둘러봤다. 나는 다시 한번 긴장한 마음을 가라앉히며 건물 안으로 들어섰다. 아늑한 소파가 있는 면회실, 그곳에서 아기와 엄마를 기다렸다. 분명히 편하게 앉았는데도 두 귀만은 예민하게 열려 있었다.

얼마나 기다렸을까. 스르륵, 면회실 문이 열리고 앳된 여자가 아기를 안고 들어왔다. 설마 이 아기가… 싶은 마음에 내 눈이 동그래졌다. 무표정하게 걸어 들어와 내 앞에 털썩 앉은 엄마는 인사도 나누지 않고 바닥만 쳐다보고 있었다. 엄마의 품 사이로 침을 머금고 눈만 껌뻑이는 작은 아기가 보였다.

잠시 정적이 흘렀다. 내가 낯설어서 그렇겠지 싶어 챙겨 갔던 곰 인형과 함께 인사를 건넸다. 엄마는 인형을 보곤 작게 미소를 짓더니 또다시 바닥만 쳐다봤다. 이유를 알 수 없었다. 인형이 마음에 들지 않았는지, 아기도 웃지 않고 가만히 있었다.

"은지야, 은지야." 엄마는 아기를 은지라고 불렀다. 은지는 짙은 눈썹과 입매가 엄마와 많이 닮아 보였다. 작은 얼굴에 곱슬거리는 머리칼, 오밀조밀한 눈, 코, 입이 마치 아기 천사

같았다.

"아기 이름이 은지인가 봐요."

"네… 은지요."

"은지가 엄마를 많이 닮았네요, 뽀얗고 예뻐요."

"네에…."

우리 둘의 어색한 대화가 끝나갈 무렵, 나는 다 식어버린 차를 후루룩 마시고 마지막으로 아기를 한번 안아보려고 했다. 내가 가까이 다가가자 엄마는 아기를 꼭 안고 돌아앉았다. 내민 손이 민망해져 뭐라 말을 잇지 못하니 엄마는 잠시 눈치를 보다가 아기를 건네주었다. 작고 가녀렸지만 나에게 오던 그 손은 어딘가 무거워 보였다. 내가 아기 얼굴을 자세히 살피려는 순간 엄마는 아기를 다시 안아 들었다. 나를 경계하는 게 분명했다. 떨리는 손, 울고 있는 엄마의 손 위로 햇살의 위무가 스며들고 있었다.

"오늘 데려가는 건 아니고요, 인사하러 왔어요." 동행한 위탁센터 담당자의 말이 아니었다면 엄마의 손은 흐물흐물 녹아내렸을지 모른다. 엄마라는 애틋한 이름으로.


집으로 돌아오는 내내 마음이 편치 않았다. 아기를 지키려는 어린 엄마의 모성과 나를 향한 경계의 눈빛이 계속 아른거렸다. 뒤늦게 들은 말로는 아기 아빠나 양가 부모님 모두 육아를 도와줄 형편이 아니라고 했다.

'다시 생각해봐야 하는 거 아니야? 가족력이라는 게 있잖아. 내가 그런 것까지 어떻게 책임져⋯. 쉽게 결정할 일이 아니야.'

젖먹이 아기, 장애, 가족력. 그런 단어들이 나를 두렵게 했다. 지금이라도 돌이켜야 한다는 생각이 들었다. 할 수 있는 건 하고, 할 수 없는 건 정직하게 거절하는 게 맞는 것 같았다. 하지만 아기의 눈빛이 떠올랐다. 친엄마가 키울 수 있는 여력이 없는 상황에서, 우리가 아니면 아기는 또 다른 위탁 가정으로 보내질 것이었다. 다시 한번 용기를 내야 했다. 그런 상상을 하자 위탁엄마가 되는 게 더 이상 두렵지 않았다.

마침내 우리는 기도하며 아기 천사를 기쁘게 맞이하기로 했다. 식구들 모두가 힘을 합쳐 한 생명을 키워내자고 약속했다. 가족들은 새로운 가족을 환영했다. 우리는 미지의 세계로 이미 성큼 들어서 있었다.

며칠이 흐르고, 드디어 아기가 우리 집에 올 날이 정해졌다. 담당자에게 그 이야기를 전해들었을 때는 온몸이 쭈뼛서듯 긴장했다. 식구들에게 이야기를 전하자 다들 아이를 위한 물건을 더 사두어야 하는 건 아닌지, 우리 집이 아이가 자라기에 괜찮을지 걱정했다. 나는 작지만 분명하게 말했다.

"마음이 제일 중요하대."

얼마 뒤, 우리는 다시 미혼모보호시설로 향했다. 이번에는 은지와 함께 돌아올 것이었다. 은지는 몇 주 전에 봤을 때와 똑같았지만, 내 마음은 한결 달랐다. 은지 엄마도 이번에는 낯설어하지 않고 현관까지 나와서 딸아이를 배웅했다. 나는 은지를 품에 안고 나오면서 엄마에게 인사를 건넸다.

"또 봐요, 건강하고요. 걱정 말아요."

그러자 엄마는 성큼성큼 다가와서 실끈으로 만든 팔찌를 은지 손목에 채워주었다. 은지에게 입을 맞추고 쏟아지는 눈물을 참으며 다시 뒷걸음질로 몇 발짝 물러나서는 연신 눈가를 훔치며 말했다.

"엄마… 잊지 마."

스무 살의 어린 여자라고 생각했는데 모성은 누구와도 다르지 않았다. 꾸역꾸역 슬픔을 삼키며 아기를 쓰다듬던 손끝까지 젖어 있었다.

차에 탄 뒤에도, 은지 엄마에게 자꾸만 시선이 갔다. 아이를 안고 있는 나에게도 책임감의 무게가 함께 느껴지는 것 같았다.

　이제 은지는 새로운 보금자리를 향해 출발해야 했다. 은지 엄마는 눈물로 얼룩진 얼굴로, 점점 멀어지는 우리를 한참이나 가만히 바라보고 있었다.

　아기를 안고 집으로 오는 내내 그 어린 엄마의 얼굴이 눈앞에 아른거렸다.

2015년 3월 23일. 은지는 우리 집에 첫발을 들였다. 낯선 집 안으로 들어서는 순간부터 입을 삐죽이며 사방을 두리번 거리기 시작한 은지는 꼭 엄마를 찾고 있는 것 같았다. 나는 아기에게 속삭였다.

"아가야, 엄마도 지금 네 생각에 울고 있을지 몰라…. 넌 엄마를 꼭 빼닮은 사랑이란다. 우리 집에 온 사랑이야. 그러 니 더 마음껏 울고 우리 열심히 사랑하자."

새 집에서의 첫날 밤. 은지는 여전히 악을 쓰며 울었다. 도 무지 이유를 알 수 없었다. 입을 쫙 벌리고 끊임없이 울었다.

분유를 줘도 안아줘도 모두 싫다고 했다. 겨우 달래서 분유를 먹이면 다 토해내고 다시 땀범벅이 되도록 울었다. 내 머릿속이 하얘질 만큼 울고 또 울었다. 두 아이를 다 키워냈던 나는, 다시 서툰 초보 엄마가 된 것 같았다.

나와 남편은 번갈아가며 은지를 안고 토닥거리고 어르며 방을 돌아다녔다. 하지만 그것도 잠시, 은지는 다시 몸을 뒤로 젖히고 목이 찢어져라 울었다. 입을 쫙 벌리고 두리번거리면서 울던 그 순간, 아기가 뭔가를 찾는 게 아닌가 싶었다.

'혹시 친엄마를 찾나?'

그렇다면 내가 해줄 수 있는 게 없었다. 나는 다시 은지를 보듬고 안아주면서 속삭였다.

"은지야, 괜찮아. 엄마도 지금 잠드셨을 거야. 은지 꿈 꾸면서, 응? 은지야, 괜찮아. 괜찮아…."

내 마음을 알았는지 은지의 울음이 점점 잦아들었다.


사흘이 지나던 날 밤, 이제 집에 적응했나 싶었는데 또 은지가 울기 시작했다. 밤늦은 시간이라 다른 식구들이 깨지 않게 서둘러야 했다. 허둥지둥 젖병을 찾아 분유를 타는데 둘째 어진이가 언제 깼는지 어깨를 축 늘어뜨리고 다가왔다.

"엄마… 아기 다시 돌려보내면 안 돼요?"

방실방실 웃기만 하는 동생일 줄 알았는데 밤만 되면 엉엉 울기만 하니 어진이도 놀랐던 것이다. 말 잘 듣고 귀여운 동생을 기대했건만 실제로 본 아기의 얼굴은 터질 듯이 빵빵했다. 어진이는 여간 실망한 게 아니었다.

"어진아 미안, 아기 우유만 먹이고…."

어렵게 뱉은 그 말조차 들어줄 수가 없었다. 오직 아기를 달래는 게 우선이었다. 엉클어진 머리칼이 자꾸 눈앞을 가리는데도 묶을 생각을 못 했다. 손은 바쁘고 땀은 나고 머릿속은 복잡했다.


어진이는 그날 이후로 몇 주 동안 혼자 일어나 혼자 준비하고 혼자 등교했다. 밤새 아기를 돌보다 쓰러져 잠든 엄마를 차마 깨우지 못했다. 알람이 울리면 조용히 일어나서 냉장고를 뒤져 주섬주섬 무언가를 꺼내 먹고 교복을 툭툭 털어 입고 집을 나섰다.

"다녀오겠습니다."

아무도 듣지 않는 인사를 하고, 미명의 거리를 나섰던 중학교 2학년 어진이. 이제는 어진이가 은지를 키우고 있다. 은지 머리를 묶어주고, 용돈을 아껴 은지 옷을 사 오고, 뽀뽀 다섯 번만 해달라며 오히려 은지에게 애교를 부린다. 저녁엔 같이 샤워를 하고, 치카치카 노래를 부르며 엉덩이를 씰룩이다가 둘이 푸하하 웃는다.

은지는 세상에서 언니가 제일 좋다며 졸졸 따라다니고, 밤엔 베개를 끌어안고 언니 방으로 간다. 어진이가 '은지는 누구 새끼야?' 물으면, 은지는 '언니 새끼!' 하고 코를 찡긋하며 웃어 보인다.

"은지야, 언니도 은지가 제일 좋아. 우… 뽀뽀."

성(姓)이 다른 아이들이 자매가 되어 살고 있다. 그 속에서 어느새 성숙해진 어진이를 본다. 은지를 만나고, 은지를 키우면서 가장 많이 달라진 아이가 어진이다. 막내였다가 뒤늦게 언니가 됐으니 나름의 성장통도 있었을 것이다. 겉으로 티내지 않으니 그저 짐작만 할 뿐이다.


처음엔 우리가 은지를 키운다고 생각했다. 그런데 은지가 우릴 키우는 것 같다. 같이 먹고 같이 자고 같이 사는 평범한 일상이 서로를 성장시킨다. 나도 조금씩 변화를 경험하고 있다. 이것만으로도 얼마나 감사한 일인지.

우린 위탁가족이다. 피는 물보다 진하다지만, 그 피보다 더 진한 '사랑'이 우리를 가족으로 만들고 있다.

은지의 위탁엄마가 되고 나서야 알았다. 우리 사이에 별처

럼 많은 이야기가 쌓이면서 진정한 가족이 되어가고 있다는 것을. 우는 아이를 안아주고 달래면서 꼬박 밤을 새우고, 기저귀를 갈고, 우유를 먹이고, 트림을 시키고, 닦고, 다시 기저귀를 가는 그 일들이 나를 진짜 은지 엄마로 만들어주리라는 것을.

새벽녘 동쪽 하늘에 뜬 금성은 샛별이라 부르고, 해가 진 뒤 서쪽 하늘에 뜬 금성은 개밥바라기라 부른다. 오늘도 그 이름처럼 빛나는 별들. 난 그 아래서 찬란한 이름의 '엄마'가 되어가고 있다. 오늘도 진행형이다.

아기의 울음은 곧 의사 표현이다. 연신 우는 아기를 안고 남편과 나는 며칠 밤을 새웠다. 우리는 번갈아 아기 기저귀를 갈고 분유를 먹이고 트림을 시키고 입을 닦아주고 다시 기저귀를 갈았다. 모든 일이 처음인 것처럼 서툴렀고, 힘에 부쳤다.

두 아이를 키울 때도 그랬다. 처음부터 완벽한 부모일 수는 없었다. 아이를 키우면서 같이 울고 웃으며 조금씩 부모가 되어갔다. 어떤 날은 아이에게 열이 조금만 나도 병원으로 달려갔고, 어떤 날은 넘어져서 이마가 찢어진 아이를 함께 울며 달랬고, 어떤 날은 갑작스러운 폐렴으로 입원한 아이를 밤새 간호하기도 했다. 늘 부족한 스스로를 돌아보고 나서야 아이를 낳는다고 바로 엄마가 되는 것도, 아이를 낳았다고 모두 엄마가 되는 것도 아니라는 사실을 깨달았다.

아이가 학교에 입학하고 나서도 나는 여전히 서툰 엄마였다. 육아 경력 10년이 넘으면 당연히 베테랑 엄마가 되는 줄 알았는데 나는 여전히 엄마가 되어가는 '진행형'이었다. 좀 더 나은 엄마, 좀 더 완벽한 엄마가 되고 싶었지만 그건 욕심일 뿐이었다.

대상관계이론을 연구한 영국의 소아과 의사이자 정신분석학자 도널드 위니콧은 '충분히 좋은 엄마'라는 이론을 제시했다. 아이가 정상적인 애착 관계를 형성하기 위해 필요한 건 '완벽한 엄마(Perfect Mother)'가 아니라 '충분히 좋은 엄마(Good Enough Mother)'라는 것이다.

충분히 좋은 엄마가 되기 위해서는 유아기의 아이가 원하는 바를 가능하면 정확하게 대응해주어야 한다. 안아주고, 아이가 불편하지 않게 몸을 다뤄주고, 아이가 원할 때 원하는 것을 쥐여주고, 아이의 욕구를 되도록 정확히 판단해서 해소시켜 주고, 아이를 사랑으로 대해주고, 아이와 충분히 놀아줘야 한다.

아이는 자기 스스로를 객관적으로 바라보는 것이 아니라, 엄마 눈에 비친 자기 자신을 본다. 그만큼 엄마와 아이가 긴밀하게 연결되어 있다는 뜻이다. 아이 눈에 비친 엄마의 이미지가 아이가 느끼는 자신의 첫 이미지가 될 가능성이 매우 크다.

충분히 좋은 엄마는 아이의 전능감에 대해 적절히 반응해 주고, 실제로 많은 일을 해낼 수 있도록 돕는다. 아이는 이런 엄마와의 관계에서 반복적으로 전능감을 습득하게 된다. 그러면 엄마가 완벽하지 않아도 아이의 자존감이 채워진다.

또한 충분히 좋은 엄마는 아이에게 필요한 모든 것을 완벽하게 채워주기보다 적절한 좌절을 경험하게 함으로써 아이가 스스로 성장할 수 있는 틈을 제공하기도 한다. 미안하게도 난 그 틈을 수시로 제공한 보통의 엄마였다. 이런 기준이라면 나도 충분히 좋은 엄마가 될 수 있지 않을까?


이제는 다시 초보 엄마로서 은지에게 충분히 좋은 엄마가 될 차례였다. 첫째 휘성이와 둘째 어진이를 사랑으로 키웠으니, 막내 은지도 사랑으로 키울 것이다. 부족한 점도 많았지만 내 딴에는 최선의 사랑을 주었다고 생각한다.

육아의 경험이 두 번이나 있으니 아이를 맡는 일이 남보다 수월할 거라고 생각한다면 오산이다. 아이는 키울 때마다 새롭다. 아이마다 성향과 특성이 다 다르고 엄마도 한결같을 순 없다. 하지만 아이를 향한 사랑이 한결같다면, 아이는 사랑으로 바르게 자랄 것이다.

나는 오늘도 아이들 앞에서 다짐한다. 훌륭한 엄마, 완벽한 엄마가 아니라 아이에게 충분한 사랑을 주는, 충분히 좋은 엄마가 되자고.

은지가 우리 집에 온 지도 어느새 일주일이 지났다. 오늘은 제주가정위탁지원센터 담당자가 우리 집을 방문했다. 은지의 주소지를 우리 집으로 옮기기 위해서였다. 나는 담당자를 맞이할 준비도 하지 못했다. 시간이 어떻게 지나는지 모를 만큼 바빴다. 낮엔 비몽사몽으로 아이를 돌봤고, 밤엔 남편과 번갈아가며 아이를 보다 보니 입술이 다 부르터서 물집이 잡혔다.

서둘러 옷을 챙겨 입고 은지를 들쳐 업고 주민센터에 갔다. 위탁 아기는 입양과 달라서 주민등록등본에 '동거인'으로 기록된다고 했다. 그리고 아기 이름으로 기초생활수급자신청을 하고 심사를 거쳐 통과되면, 은지 통장으로 매달 생활비가 입금된다고도 했다.

주민센터 담당자는 또 한 장의 서류를 내밀었다. 기초생활수급자로 입금된 생활비는 6개월에 한 번씩 영수증과 함께 사용내역을 증명해야 한다고 했다. 식비, 의류비, 잡비 등 지출내용을 기록하는 서류였다. 이제부터 은지 물건을 살 때는 따로 계산하고, 영수증도 따로 모아두라고 했다.

서류 심사를 거쳐 기초생활수급자로 결정되는 기간은 두 달 정도이고, 그동안엔 아무런 지원이 없다고 했다. 당연하다 생각하면서도 걱정이 앞섰다. 카시트며, 유모차며 당장 필요한 것들이 많았다. 아기용품 가격도 만만치 않았고, 그즈음 갑자기 차가 고장 나는 바람에 목돈을 쓴 상태였다. 당장 돈 나올 구멍이 없으니 급한 대로 기저귀와 분유부터 사자고 마음을 먹었다. 그래도 우선은 가장 복잡했던 서류까지 정리하고 나니 마음이 한결 편안해졌다.

그런데 우리 사정을 잘 아는 가정위탁지원센터 담당자가 유모차와 장난감, 옷가지 들을 챙겨줬다. 또 아동권리보장원에서 초기 정착금 명목으로 20만 원을 지원해줬다. 나는 기저귀, 물티슈, 분유 등 아기 필수품을 구매하고 영수증과 함께 사진을 찍어 제출했다. 위탁센터와 위탁가정은 서로의 도움이 필요할 때 적재적소에 나타나는 관계였다. 몸소 경험하고 보니 그만큼 서로의 사정을 속속들이 아는 긴밀한 사이여야만 한다는 게 실감났다. 새로운 가족을 만들고 이어주는 곳, 그 시작과 끝이 모두 위탁센터이기 때문이다.

기쁜 소식을 알았는지 은지 표정도 눈에 띄게 밝아졌다. 웃고 소리 지르고 장난치면서 온종일 집 안을 휘젓고 다녔다. 가족들은 은지 덕분에 할 얘기가 많아졌고, 웃음이 끊이지 않게 됐다.

그 즈음, 첫째 휘성이는 제주를 떠나 인천에 있는 외할머니 댁에서 지내고 있었다. 호주 워킹홀리데이를 준비하면서 바쁘게 아르바이트까지 하고 있던 휘성이는 틈만 나면 은지가 보고 싶다고 했고, 나는 은지 사진이며 동영상을 보내줬다. 가족들은 약속이나 한 듯 SNS 프로필 사진을 은지 사진으로 바꿨고, 가족 단톡방에는 은지 사진과 동영상이 업로드됐다.

둘째 어진이는 '언니'가 되어 은지 손을 잡고 걸음마를 시켰다. 은지가 울면 옆에서 분유를 타주고, 내가 은지를 업고 있으면 바닥에 흩어진 물건들을 치워줬다. 친구들한테 새로 생긴 동생 이야기를 많이 했는지 주말엔 은지를 보러 친구들이 놀러 오기도 했다.

지인들의 반응은 제각각이었다. 대단하다, 큰일을 했다며 응원해주는 분도 많았고 지금 네가 그런 일을 할 상황이냐며 혀끝을 차는 분도 있었다. 의외의 반응에 나도 마음이 무거웠지만 어쩌겠나, 사람의 생각이 다 다른걸….

위탁엄마로 살면서 가끔은 화가 나고, 답답해서 쏘아붙이고 싶을 때도 있었다. 단단한 편견을 만날 때, 차가운 고정관념에 부딪힐 때, 형식적인 행정에 막막할 때…. 꼭 그렇게 해야만 하는지 되묻고 싶었다. 그러나 서로의 입장이 다르니 또 입을 닫을 수밖에 없었다.

인디언 속담에 '그 사람의 신발을 신어보기 전에는 그 걸음걸이에 대해 판단하지 말라'는 말이 있다. 저마다의 세상에서 살아가는 요즘, 타인의 입장이 되어보지 않고서는 어떤 일도 판단할 수 없다. 그저 그 걸음이 어디로 가는지 지켜보는 수밖에.

은지와 우리 가족이 함께 걸어갈 날들도 마찬가지다. 우리가 선택한 색다른 동거, 그 앞날이 어떤 모습일지 누구도 알 수는 없지만 우리가 걸어갈 자리마다 축복이 가득하기를 기도할 뿐이다.

은지와 외출하기 위해 준비를 했다. 보온병, 젖병, 분유, 손수건, 물티슈, 기저귀는 물론 장난감과 책까지 가방에 넣고, 분홍색 옷을 꺼내 입힌 후 모자를 씌웠다. 은지는 거리에 피어난 꽃처럼 화사하고 사랑스러웠다. 그런데 가끔은 외출 준비를 하다가 나가기도 전에 지쳐버리곤 했는데, 그런 날엔 파란 하늘을 올려다보며 나에게 있었을 자유를 그리워했다.

돌아보면 늘 같은 패턴이었다. 아기는 너무 예쁘고 사랑스러운데 나에게 자유가 없어진 게 못내 갑갑하고 힘들었다. 첫째와 둘째를 키울 때도 그랬다. 두 다리에 모래주머니를 차고 훈련하는 군인처럼 아기와 함께 외출하는 게 버겁기만 했다. 아이들을 키우면서 나는 늘 자유롭고 싶었다.

20대에 첫째를, 30대에 둘째를 키우고 40대에 다시 은지를 키우면서 깨달은 것이 하나 있다. 자유만큼이나 절실한 것이 체력이라는 것. 그래서 외출할 일이 생기면 늘 가족들과 함께 나가려고 한다. 첫째 휘성이가 은지를 번쩍 안아주면 둘째 어진이가 옆에 따라가며 은지 손이며 얼굴을 닦아주고 자잘한 일들을 챙겨준다.

그런데 언제부턴가 이목이 신경 쓰였다. 키 180센티미터가 훌쩍 넘는 아들과 한창 꾸미기 좋아하는 딸이 은지를 데리고 나가면 사람들이 힐끔힐끔 쳐다보며 수군댔다. 마치 이상한 가족을 보는 눈빛으로 학생 부부냐고 물었다.

"엄마, 사람들이 우릴 자꾸 이상하게 쳐다봐요."

아들은 그런 상황이 영 불편한 듯했다. 모르는 사람이 대뜸 무슨 사이냐고 물어서 많이 놀란 것 같았다. 오랜만에 은지를 데리고 기분 좋게 나섰는데 찜찜한 얼굴로 돌아온 날이면 가족들 모두 연신 헛웃음만 지었다. 그런 일이 몇 번 반복되자 나는 잘못한 것이 없는데도 세 아이 모두에게 미안한 마음이 들었다.

"사람들은 왜 그런다니, 남 말 하길 좋아하는 사람들이 많

아. 그냥 넘겨⋯."

의미 없는 말들로 아이들을 달래려 했지만 사실은 나도 들을 때마다 비수가 꽂히는 말이 있었다.

"네가 낳지도 않았는데 괜찮아?"

"남의 아이를 어떻게 키워?"

내 마음을 충분히 이해해주리라고 믿었던 사람들에게서 듣는 말은, 나를 더 힘들게 만들었다. 내가 자발적으로 아이를 위탁해서 키운다는 사실을 알면서도 대놓고 묻는 사람을 마주할 때마다 마음이 아팠다.

그래, 내가 낳지 않았지. 그런 말들을 들으면 그제야 나의 처지를 인식하게 된다. 은지 앞에서 나는 엄마라는 이름에 '위탁'이라는 수식어가 붙는다. 나는 언제까지나 '위탁엄마'다. 거기까지는 괜찮다. 그런데 사람들이 나를 나쁜 계모나 보모쯤으로 여기는 뉘앙스를 풍기면 마음이 착잡하고 괴롭다. '설마, 아니겠지. 설마' 하는 말을 되뇌다 '그럼 그 이상야릇한 눈빛은 뭐지? 내 행동에 문제가 있나? 나는 첫째나 둘째를 키울 때보다 셋째인 은지를 키울 때 더 큰 사랑을 느끼고 있는 것 같은데⋯. 그게 뭘까?' 하는 지경에 이른다.

첫째 아이는 뭣 모르고 키웠다. 충분히 사랑하고 바르게 가르치는 방법도 몰라서 내 감정 따라 아이를 키웠다. 처음이라 서툴렀지만 핑계가 될 수는 없었다. 중학교에 들어간 아들이 대뜸 집에서 자유롭게 공부하고 싶다고 하기에 홈스쿨링을 알아봤다. 걱정과 달리 집에서 공부하는 게 적성에 맞았는지, 아들은 혼자서도 속 썩이지 않고 척척 공부를 했다. 그런데 만약 우리 은지를 그렇게 키운다면 사람들은 뭐라고 할까. 최선을 다해 아이를 키우고 싶다는 마음은 첫째, 둘째, 셋째 누구 하나 다르지 않은데 사람들이 제각기 자신의 잣대로 판단해버리니 답답했다. 어느새 덧입혀진 편견들이 내 몸 구석구석에 딱지처럼 달라붙어 가려웠다.

위탁부모 자조모임에서 만나는 분들과도 비슷한 고민을 나눈다. 위탁가족으로 만났지만 이제는 떼려야 뗄 수 없는 '진짜 가족'이 되었다고. 서로 헤어진다는 건 생각도 하기 싫다고. 처음엔 한 가정을 도울 마음으로 시작했는데 내 자식이 되었다고. 그런데 주변에서 우리를 보는 시선이 늘 그렇게 고운 건 아니라고.

혹자는 끝내 의심한다. 어떻게 그럴 수 있냐며, 가식이 아니냐고 되묻는다. 나도 그렇게 생각할 때가 있었지만 이렇게 위탁가족으로 살아보니 알게 되었다. 이런 사랑도 가능하다는 걸. 피가 섞이지 않아도 가족이 될 수 있다는 걸. 남녀가 만나 서로 사랑하고 결혼하고 서로의 삶을 위탁하는 것과 하나도 다를 게 없다는 것을. 이 모든 게 대단한 일이 아니라, 자연스러운 일일 뿐이라는 것도 은지 엄마가 되고 나서야 깨달았다.

결혼을 경험해본 사람이라면 더 쉽게 이해할지도 모르지만, 결혼을 하지 않았더라도 간접 경험으로 알 수 있다. 타인을 사랑하고, 서로의 삶을 위탁하고, 책임지고, 함께 살아가는 것이 생각보다 어렵지만 자연스러운 일이라는 것을. 사람들의 일상이야 거기서 거기처럼 보이겠지만 그 일상이 햇수를 더해갈수록 서로에게 흡수되고, 맞지 않았던 부분들이 다듬어지고, 공유하는 부분이 많아지고, 어느새 조금씩 닮아간다는 걸.


누군가를 사랑하는 건 때로는 힘들고 버겁지만, 더없는 축복이다. 사랑할 사람이 있다는 건 살아갈 이유가 된다. 나는 막내딸 은지 덕분에 내가 모르던 세상에 눈을 뜨기 시작했다. 이제야 비로소 진짜 엄마가 되어가고 있다. 더 많은 사람들이 사랑하고, 위탁하고, 서로 닮아가는 경험을 해보기를 바란다.

정현종 시인은 「방문객」이라는 시에서 "사람이 온다는 건

실은 어마어마한 일"이라고 말했다. 그의 과거와 현재와 미래가 함께 오기 때문에, 한 사람의 일생이 오기 때문에.

시인의 말처럼 내 인생에 은지가 들어온다는 건 실로 어마어마한 일이다. 한 사람이 그냥 한 사람일 수 없기 때문이다. 그런 의미에서 나는 어마어마한 우주를 만났다. 우린 하늘의 법칙에 따라 서로의 삶을 위탁했으니까.

오늘은 꽃길을 한참 걸었다. 은지는 까무룩 잠이 들었고, 햇살은 여전히 따뜻했다. 은지가 크고 나면 머지않아 내게도 자유가 올 것이고, 그때의 나는 지금을 그리워할지 모른다. 그러니 이 시간을 충분히 누리자고 다짐했다. 집으로 돌아오며 작은 유모차를 힘껏 밀었다. 자유로운 바람을 맞으면서.

"얼마 받아요?"

당당한 얼굴로 건네는 질문에 얼굴이 화끈거렸다. 내가 은지와 함께하는 건, 대가가 있기 때문이라는 뜻이었다. 난 돈을 벌기 위해 은지 엄마가 된 게 아닌데, 어떤 사람의 눈엔 그렇게 보이기도 하나 보다. 은지를 키우면서 하던 일까지 정리했는데 말이다.

"예, 보조금이 나오긴 해요."

정확한 금액을 알고 싶은데 두루뭉술하게 넘어가는 게 싫은 건지, 꼬리에 꼬리를 무는 질문은 한참을 더 이어지다가 허무하게 끝났다. 왜 그럴까? 한편으론 이해가 되면서도 또 한편으론 허허벌판에서 혼자 바람을 맞는 기분이었다.

이젠 그러려니 하지만, 처음에는 가장 대답하기 어려운 말이었다. 돈을 얼마나 받길래 그런 일을 하냐고, 아이를 돈벌이 수단으로 여기는 게 아니냐고 말할 때는 귀를 막아버리고 싶었다. 각자의 생각이야 다르겠지만, 내가 일일이 붙잡고 설명할 수도 없는 일이었다. 더군다나 그런 걸 묻는 사람들은 대부분 위탁가정에 대해 잘 알지 못했다.

위탁아동으로 지정받기 위해서는 조건이 있다. 보호가 필요한 18세 미만의 아동 중 가정위탁으로 보호 조치된 아동이거나, 부모의 질병, 가출, 실직, 수감, 사망 등으로 보호가 필요한 아동, 아동학대 및 방임 등 분리보호가 필요한 아동, 독립적인 가구를 구성하면서 생활하고 있는 미성년의 소년소녀가정세대여야 한다.

당연히 위탁가정이 되는 데에도 필요한 조건이 있다.


위탁가정이 되기 위한 자격 조건

(아동복지법 시행규칙 제2조 위탁가정의 기준)

1. 위탁아동을 양육하기에 적합한 수준의 소득이 있는 가정
2. 위탁아동에 대해 종교의 자유를 인정, 건전한 사회구성원으로 자랄 수 있도록 양육과 교육이 가능한 가정

3. 25세 이상(부부인 경우 부부 모두)으로 위탁아동과의 나이 차이가 60세 미만인 경우(특별시장·광역시장·도지사·특별자치도지사 또는 시장·군수·구청장이 위탁아동을 건전하게 양육하기에 적합한 환경이라고 인정하는 경우에는 그러하지 않음)

4. 자녀가 없거나 자녀(18세 이상 제외)의 수가 위탁아동을 포함하여 4명 이내

5. 가정에 성범죄, 가정폭력, 아동학대, 정신질환 등 전력이 있는 사람이 없어야 함

6. 그 밖에 보건복지부 장관이 필요하다고 인정하는 기준 (*조건에 모두 부합하고, 가정위탁을 희망하는 사람은 반드시 예비위탁부모교육을 받아야 함. 가정위탁 안내 및 절차에 대한 세부 사항은 아동권리보장원 홈페이지에서 확인 가능)

이런 조건을 갖춘 사람이 교육을 받고 위탁부모가 되려면 아동보호신청서, 위탁가정동의서, 위탁부모추천서, 가족사진, 재산세 과세증명서, 근로소득 증명서류, 주민등록등본, 가족관계증명서, 혼인관계증명서, 주 양육자의 건강진단서, 범죄경력동의서, 건강보험요양급여내역을 모두 제출해야 한다. 위탁부모가 되고 나서도 정기적으로 보수교육을 받아야

한다. 각 지역의 가정위탁지원센터와 자조모임을 통해 정보를 얻고, 계속 배우면서 양육하는 것이다.

하지만 위탁부모에게 수고비는 없다. 비혈연 관계인 아이를 내 집에 데려와서 24시간 보호하며 키우지만 수고비는 전혀 없다. 지금도 나에게 얼마 받느냐고 물어보는 사람들이 있는데, 그때마다 '얼마를 받으면 할 수 있는 일인지' 생각해 본다. 월 200만 원을 받으면 할 수 있을까? 월 300만 원을 받으면 할 수 있을까?

위탁부모는 수고비조차 받지 않기 때문에 더 오해를 받기도 한다. '뭔가 (이익이) 있겠지' 하며 히죽거리는 웃음이 이젠 안타깝기만 하다. 가정위탁제도가 그 정도로 사람들에게 알려지지 않았기 때문이다.

대부분의 위탁부모는 아이를 좋아한다는 이유로, 신앙적인 이유로, 좀 더 의미 있는 인생을 살고 싶다는 이유로 자원한 사람이다. 나도 그렇다. 더 나이 들기 전에 좀 더 의미 있는 인생을 살고 싶었다.

위탁부모 신청을 하고 교육을 받고 막상 은지 엄마가 되고 나서 고민은 더 많아졌다. 나는 성품이 좋은 사람도, 돈이 많은 사람도, 심지가 곧은 사람도 아닌데 위탁부모가 되었다.

직장이라면 출퇴근이라도 할 텐데 내 집에서 온전히 아이를 책임져야 한다는 게 버거울 때도 있었고, 내 자유를 반납하고 살아야 한다는 게 힘들기도 했다.

지금은 지지고 볶으면서 영락없이 가족으로 살고 있지만, 지난 시간을 돌아보면 그 흔들림이 위탁가족이 되는 데 꼭 필요한 진통이었던 것 같다.

남들은 특별하게 보지만 나는 정작 특별한 게 없는 삶을 산다. 다만 이렇게 살면서 내 삶이 더 깊어지길 바란다. 앞으로도 완벽한 부모가 되긴 어렵겠지만, 언제든 아이에게 곁을 내어줄 수 있는 부모가 되기를 소망한다.

어떤 일은 돈 때문에, 돈 벌려고, 돈을 위해서 하는 게 아니다. 어떤 사랑에는 별다른 조건이 필요하지 않다. 그리고 때때로 어떤 사랑은, 누군가의 삶을 구하기도 하고 나 자신을 바꾸기도 한다. 그래서 삶이 아름다운 것 아닌가.

# 그냥 가셔도 돼요

은지는 기초생활수급자다. 그래서 병원 진료를 받아도 돈을 내지 않는다. 간혹 비급여 약을 처방받을 때만, 몇백 원을 내는 게 전부다. 은지를 키우기 전엔 몰랐다. 기초생활수급자가 병원 진료를 받을 때 어떤 일을 겪는지.

은지가 돌이 지났을 무렵이었다. 감기 때문에 동네 소아과에서 진료를 받았다. 처방전을 받기 위해 기다리는데 간호사가 은지 이름을 불렀다. 나는 접수대 앞으로 걸어가면서 습관적으로 지갑을 열었다. 그러자 내가 무슨 실수라도 한 양, 간호사가 나를 보며 소리쳤다.

"돈은 안 내셔도 돼요."

그 순간 은지가 기초생활수급자라는 걸 깨달았다. 대기실에 앉아 있던 몇몇 사람들이 우릴 힐끗 쳐다봤다. 기분이 묘했다. 차가운 얼굴의 간호사를 향해 어색한 인사를 하고 나왔지만 마음이 편치 않았다. 다시 처방전을 들고 약국에 갔을 때도 그랬다. 약사는 복용법을 설명해준 다음 우리를 위아래로 훑어보며 조용히 말했다.

"그냥 가셔도 돼요."

당황스러웠고, 착잡했다. 그리고 조금 이상했다. 약사가 우리보다 먼저 약을 받아 간 다른 아이들에게는 웃으면서 뽀로로 비타민을 손에 쥐어주거나 약 봉투에 넣어주었는데, 은지에게는 그렇게 하지 않았다. 바쁜 손으로 건네준 은지 약봉투엔 약만 들어 있었다.

'내가 너무 예민한 건가?' 집으로 오는 동안 곰곰 생각해봤지만, 병원에서도 약국에서도 우리를 대하는 태도는 분명 생경한 것이었다. '왜 그럴까? 그 시선들은 뭘까?' 아무리 생각해도 이해가 되지 않았다.


위탁부모 자조모임에서 만난 한 위탁엄마는 고등학생인 딸 때문에 다시 일을 다닌다고 했다. 아이의 친아빠가 돌아가시고 아이 통장에 4천만 원이 입금됐는데, 그것 때문에 기초생활수급자에서 제외된 것이 이유였다. 당연히 위탁엄마는 아이의 미래를 생각해서 친아버지가 남긴 돈을 따로 묶어 두었다. 하지만 그 집에는 당장 돈이 필요했다. 원래도 넉넉하지 않았던 기초생활수급비 지원마저 뚝 끊어지고 나니 아이 학교에 내야 하는 자잘한 돈부터 학원비며 용돈까지 필요한 돈이 많았다. 상황은 더 막막해졌다. 하는 수 없이 위탁엄마가 일을 나가기 시작했다. 어릴 때부터 키운 딸이라 아끼는 마음도 특별했다.

안타까운 표정으로 이야기를 듣고 있는 우리에게 위탁엄마는 당연하다는 듯 말했다.

"게난, 어떵해? 여즉 키와신디. 경허난 내가 일을 해사주."

(그럼 어떻게 해, 여태 키웠는데. 그러니까 내가 일을 해야지.)

그 말을 듣는 모두가 숙연해졌다. 내가 낳은 자식과 낳지 않은 자식을 구분했다면 할 수 없는 말이었다. 아이를 진심으로 사랑하지 않으면 할 수 없는 일이었다.

'그 사랑을 돈으로 환산할 수 있을까?'

5년, 10년, 어쩌면 그 이상의 시간 동안 품어 키운 위탁아이를 위해 일하러 나가는 수고를 할 수 있는 사람이 몇이나 될까? 위탁엄마에게 아이는 그저 '내 아이'일 뿐이다. 위탁했다고 해서 '남의 아이', 낳았다고 '내 아이'로 구분하면 키울 수가 없다. 특히 은지처럼 아기 때부터 키운 경우는 더욱 그렇다.

은지를 키우면서 나도 양육비를 따로 계산해본 적이 없다. 그런데 얼마 전에 위탁부모 설문지를 작성하면서 항목별로 지출 내역을 적어봤는데, 소소하게 지출되는 비용만 어림잡아 월 100만 원이 넘었다.

사람들은 여전히 내가 얼마를 받는지 궁금해한다. 도대체 얼마를 받길래 남의 아이를 키울 수 있는지, 특별한 보상이 있기 때문은 아닌지…. 보상 없이는 할 수 없는 일이라고 편견의 벽을 높이높이 쌓는다.

'이 일을 돈으로 계산하면 얼마쯤 될까요? 얼마를 받으면 할 수 있을까요?' 목젖에서 요동치는 말을 오늘도 내뱉지 못하는 이유는, 나의 섣부른 말이 또 다른 오해를 불러일으킬 수 있고, 다른 위탁부모들의 깊은 심정을 대변할 수도 없을 것이란 사실을 알기 때문이다.

그래서 나는 언제부턴가 우리가 위탁가족이라는 것도 먼저 말하지 않는다. 그건 높은 편견의 벽 앞에 스스로 서는 일이고, 낯설고 생경한 시선을 마주 봐야 하는 일이다. 나 혼자만 감당한다고 해결될 문제가 아니기에, 나는 여전히 그런 것들이 버겁다. 그래서 자꾸만 침묵하게 된다.


위탁부모는 1년에 두 번(6월, 12월) 위탁아동을 대신해서 주민센터에 지출내역을 보고할 의무가 있다. 나 역시 지출실태조사서를 쓰고, 통장과 영수증을 제출한다. 은지가 지원받는 기초생활수급비를 어디에, 얼마나 썼는지, 영수증은 다 모아뒀는지 점검받는 일이다.

그래서 은지 물건은 따로 계산하고, 영수증도 따로 모아야 한다. 지금은 익숙해져서 카트에 넣을 때부터 따로 넣고 따로 계산하지만, 처음엔 이것도 일이었다. 마트 계산대 앞에서 은지 물건만 따로 구분하느라 우왕좌왕한 적도 있다.

"돈은 안 내셔도 돼요."

"그냥 가셔도 돼요."

어리고, 힘없고, 직위가 낮은 사람들에게 나는 어떻게 대하고 있나? 까칠하고 건조한, 단단하고 차가운 시선으로 약자를 구분하고 있진 않은가? 나부터 돌아보게 된다. 약자를 대하는 태도가 그 사람의 '수준'이라면, 내 수준은 어느 정도일까?


위탁엄마가 아니었다면 생각해보지도 않았을 것들을 생각

하는 날이 많다. 그런 날이면 나는 성장통을 느끼며 조금씩 성숙해지고 있다고 믿는다. 그래서 더 보석 같은, 그래서 더 버릴 수 없는 이름. 나는 '위탁엄마'다.

우리 집 첫째와 둘째 아이 모두 홈스쿨링을 했다. 첫째 아이는 중학교 1학년 때 스스로 홈스쿨링을 자처해서 학교 밖으로 나왔다. 아이는 학교에서 배울 수 있는 것과 학교 밖에서 배울 수 있는 것, 둘의 장단점을 비교해가며 조곤조곤 나에게 설명했다. 나는 절절한 심정으로 아이를 설득하고, 고민하고, 바짝 엎드려 봤지만 별 소용이 없었다.

둘째 아이는 중학교 2학년 때 학교 밖으로 나왔다. 친구 관계도 좋았고 성적도 좋았는데 오빠처럼 집에서 자유롭게 공부하겠다며 위탁가족이 된 은지를 키우는 것도 공부가 아니냐고 오히려 반문했다. 나는 또다시 아이를 설득하고, 고민하고, 바짝 엎드렸지만 역시나 소용이 없었다. 결국 두 아이 모두 '학교 밖 청소년'이 됐다.

아무리 그래도, 어떻게 학교를… 단전에서부터 끓어오르는 잔소리를 퍼붓고 싶었지만 자식 이기는 부모 없다고, 결국 허락 아닌 허락을 했다. 그리고 한참을 속앓이하며 지냈다. 거리에서 교복 입은 학생을 마주치기만 해도 눈물이 주르륵 흘렀고, 방에 콕 박혀 있는 아이를 볼 때마다 '내가 더 강력하게 반대할걸' 후회도 했다. 모든 일이 나 때문인 것 같았다.

그렇게 몇 년의 시간이 흘렀고, 나도 아이들도 학교 밖에서의 생활에 익숙해졌다. 둘째 어진이는 정말 '육아 수업'을 열심히 했다. 은지 머리를 묶어주고, 책을 읽어주고, 내가 외출할 때마다 은지랑 같이 놀아주면서 점점 능숙한 언니가 되어갔다.

하루는 내가 초등학교 방과후수업을 나가는 날이었다. 그런데 은지가 구내염에 걸려 어린이집에 보낼 수가 없었다. 할 수 없이 어진이에게 두 살배기 은지를 맡기고 출근했다. 그날따라 제주 외곽 지역에 있는 학교로 수업을 가는 날이었다. 멀리 가야 하는 게 마음에 걸렸지만 어쩔 수 없었다. 한참을 달려 겨우 수업 시간에 맞춰 도착해서 숨을 고르고 있는데, 어진이에게서 다급한 전화가 걸려왔다.

"엄마! 애기 똥 쌌어요. 어떡해요?"

분유를 먹이고 기저귀를 가는 건 할 수 있는데 똥은 차마 못 치우겠다는 말이었다. 울상이 된 아이를 달래며 장갑을 끼고 물티슈로 닦아줄 수 없겠냐고 물었다. 달리 방법이 없었다. 어진이는 일단 해보겠다고 답했지만, 자신 없는 목소리였다.

그날 수업을 어떻게 했는지 모르겠다. 끝나자마자 정신없이 집으로 갔더니 은지는 온 집 안을 어질러놓고 마냥 신이 나 있었다. 반대로 지친 얼굴의 어진이는 육아가 이렇게 힘든 거였냐며 고개를 절레절레 흔들었다.


"엄마, 나도 이렇게 키웠어요?"

그 뒤로 어진이는 자주 물었다. 홈스쿨링을 하고 은지를 키우면서 철이 빨리 들었는지 어느새 어진이는 엄마를 이해하고, 엄마의 심정까지 헤아리는 딸이 됐다. 시키지 않아도 용돈을 아껴 은지가 좋아하는 간식을 사 오고, 자기 옷 하나를 사는 대신 엄마 옷, 은지 옷을 더 사라고 야단이다.

"언니, 나 콩순이 냉장고 사 줘!"

은지도 엄마가 안 사 줄 것 같은 장난감은 언니한테 사달라고 한다. 그러면 또 어진이는 자기 용돈을 모아서 사 주고, 비싸서 사 줄 수 없는 것들은 나중에 '어른이 되면' 사 주겠다고 손가락까지 걸고 약속한다. 은지는 지금도 그 약속을 믿고 기다리는 중이다.

"언니가 어른 되면, 은지 좋아하는 거 많이 사 줄게!"

어진이는 믿는다. 굳이 혈연관계가 아니어도 가족이 될 수 있다고. 내가 설득한 것도 아닌데 은지를 키우면서 스스로 체득했다. 은지처럼 친부모와 떨어져서 자라는 아이들을 진심으로 안타까워하면서 오늘도 사랑으로 은지를 돌본다.

처음 가족이 됐을 때는 밤새 우는 은지 때문에 잠을 잘 수가 없어 힘들어했던 어진이였다. 너무 울기만 하니까 다시 데려다주면 안 되냐고 묻기도 했었더랬다. 그랬던 어진이가 이젠 은지 없이 어떻게 사냐고, 은지 때문에라도 계속 제주도에 살아야겠다고 한다. 어진이는 어떻게 달라질 수 있었을까? 상황이 아이를 바꾼 걸까?

가끔은 어진이가 학생인지 주부인지 헷갈리기도 한다. 은지한테 잔소리도 많이 하면서, 외출하면 은지부터 챙긴다. 바람이 불 땐 옷을 여며주고, 머리가 흐트러지면 다시 묶어주고, 길을 건널 땐 왼쪽 오른쪽 살피는 것까지 몇 번이고 가르친다.

요즘은 동네 간판을 누가 먼저 읽나 내기하면서 다니는데, 한글을 빨리 배운 은지가 어진이를 앞질러 읽어버리기도 한다. 둘이 깔깔대며 글씨를 읽는 걸 보면 흐뭇한 웃음이 지어진다. 은지를 키우는 동안 어진이가 참 많이 변했다는 것을 알기에 어진이와 은지 모두에게 고맙다.


우린 변하고 있다. 하루가 다르게 쑥쑥 자라는 은지를 키우면서 변하고, 상황이 변하니까 또 그에 맞춰 마음가짐도 변한다. 이게 인생일까? 매일 거기서 거기처럼 보이지만 어느새 자라난 우리 모습처럼 말이다.

한 생명을 키우는 건, 내가 성장하는 기회라는 걸 뼛속 깊이 경험하는 요즘이다. 내가 그랬듯, 우리 가족의 작은 변화가 나비효과가 되어 더 많은 사람들에게 전달되기를 바란다. 나는 오늘도 소망한다. 위탁가족이 갈수록 늘어나고, 그 속에서 성장의 기쁨을 누리는 사람들이 많아지기를. 언젠가는 그런 세상이 오겠지, 하는 행복한 소망을 품어본다.

결핍이 결핍으로 끝나지 않도록

　　서정주 선생의 표현처럼 나를 키운 건 8할이 결핍이었다. 때론 부끄럽고, 때론 위축됐던 결핍이 지금의 나를 만들었다. 어려운 사람의 심정을 절절히 공감하게 된 것도 오랫동안 결핍을 경험했기 때문이다.

　　남편은 늦깎이 대학생이었다. 결혼과 함께 학교에 다녔고, 방학 때면 힘든 아르바이트를 하며 겨우 학비를 마련했다. 책값이며 교통비, 생활비가 만만찮았는데 시댁도 우릴 도와줄 만큼의 여유는 없었다. 시어머님이 밤늦게까지 식당에서 일하셨고, 작은 빌라에 전세 들어 살고 있었다.

자주 쌀이 떨어졌다. 수시로 독촉장이 날아왔다. 겨울엔 집에서도 패딩을 입고 지냈다. 입김을 불면 하얀 김이 피어올랐다. 쌀이 없어서 하루를 꼬박 굶다가 친정에 간 적이 있다. 막상 엄마 얼굴을 마주하니 입이 떨어지질 않았다. 내 사정을 아시면 속상하실까 봐 먼저 눈치를 살폈다. 엄마가 화장실에 들어간 사이 기저귀 가방에서 검은 비닐봉지를 꺼내 쌀 항아리 앞으로 갔다.

뚜껑을 열고 쌀바가지를 잡는 순간, 손이 부들부들 떨렸다. 왜 이러지? 손이 왜 이렇게 떨리지? 한 손을 주무르며 다시 쌀바가지를 잡아서 퍼 담으려고 했는데 비닐이 제대로 벌려지지 않았는지 쌀이 바닥으로 후드득 쏟아졌다.

몰래 퍼 담고 태연하게 앉아 있고 싶었는데, 엄마에겐 정말 들키고 싶지 않았는데, 일이 커져버린 것이다. 등에 업은 첫째는 보채고, 바닥엔 쌀이 쏟아졌고, 두 손은 바들바들 떨고 있었다.

지금 생각해도 그날만큼 슬프고 비참한 날은 없었다. 검은 비닐봉지를 바닥에 펼쳐놓고 손바닥으로 쌀을 쓸어 모았다. 제정신이 아니었다. 엄마가 보시면 안 된다고, 정말 안 된다고, 그 생각만 했던 것 같다.

집으로 돌아와서 쌀을 씻었다. 검은 비닐봉지엔 바닥에서 쓸어 모은 쌀과 항아리에서 퍼 담은 쌀이 섞여 있었다. 씻고 또 씻으며 훌쩍훌쩍 눈물을 닦았다. 그렇게 밥을 해서 상을 펴고 앉았는데 참았던 설움이 터져 나왔다.

"날마다 우리에게 양식을 주시는…."

울면서 식사 기도를 한 건 처음이었다. 밥은 때가 되면 당연히 먹는 거라고 생각했는데, 당연한 게 아니었다. 밥 한 공기가 내 앞에 오기까지 얼마나 많은 수고가 필요한지 절실히 깨닫게 된 날이었다.


두 아이는 학원에도 보내지 않고 키웠다. 혹자는 나에게 특별한 교육관이 있냐고 물었지만, 형편이 되질 않아서 못 보냈다. 초등학교 교사인 언니가 학교에서 쓰던 교사용 참고서나, 조카들이 사놓고 풀지 않은 문제집을 물려받아 집에서 공부했다.

주말엔 아이들과 도서관에 갔다. 처음엔 책이 좋아서가 아니라 돈 안 들이고 오래 놀 수 있는 곳이어서 가기 시작했다. 애니메이션도 보여주고, 신간 도서와 각종 월간지도 구비돼 있고, 정수기나 화장실까지 다 무료니까 우리에겐 그보다 은혜로운 곳이 없었다.

어려서부터 결핍을 알았기 때문일까? 두 아이는 자장면

한 그릇을 먹어도 "감사합니다", 티셔츠 하나를 사 줘도 "감사합니다" 하고 꼬박꼬박 인사한다. 둘째 어진이는 지금도 만 원 한 장을 두 손으로 받으며 "어머, 감사해요!" 한다.

우리를 키운 건 8할이 '결핍'이었다. 형편이 나아질 때마다, 부족한 것이 채워질 때마다 온 마음으로 감격하며 감사할 수 있었던 건 결핍 때문이었다. 당연하게 생각했던 것이 결코 당연한 게 아니라는 것도 결핍을 통해 배웠다. 결핍은 내 삶을 뒤집었고, 세상 모든 것을 새롭게 볼 수 있도록 만들었다.

위탁엄마가 된 것도 결핍 때문이었다. 친부모와 떨어져야 하는 은지의 사연을 듣고 그냥 지나칠 수가 없었다. 결핍의 모양은 다를지라도 그 심정은 같을 테니까. 얼마나 막막하고 초조할지, 얼마나 숨 막히고 비참할지 결핍을 겪어본 나는 공감할 수 있었다.

은지와 가족이 된 이후로 시간이 빠르게 흘렀다. 앞으로 은지가 자신의 결핍을 어떻게 받아들일지 걱정이 된다. 결핍 속에서 두 아이가 잘 자란 것처럼, 우리 은지도 이 상황을 거뜬히 넘어서서 밝고 건강하게 자랐으면 좋겠다. 결핍이 결핍으로 끝나지 않도록.

우리 다섯 식구 모두가 내면이 강한 사람으로 살아가길 기도한다. 우리 앞에 또 어떤 시간이 다가올지 모르겠지만 사람이 사람을 낳듯, 사랑은 사랑을 낳으리라 믿는다. 나는 그 믿음으로 오늘도 은지를 바라본다.

"은지야, 사랑하고 축복해."

은지를 때렸다. 아침에 깨우려고 은지 옆에 다가갔는데 피곤했는지 인상을 팍 쓰더니 나에게 발길질을 했다. 전에도 발을 구르거나, 짜증을 내거나 "왜요?" 하고 대드는 일이 있긴 했지만, 발길질을 한 건 처음이었다. 찰싹, 나도 은지 발바닥을 세게 때렸다.

"지금 엄마한테 발길질했어? 응? 일어나!"

은지가 울면서 일어났다. 다른 건 몰라도 예의 없이 구는 건 넘어가기 어렵다. 두 아이를 키울 때도 그랬다. 놀다가 실수하는 건 이해하지만 예의 없는 말, 예의 없는 행동은 눈물이 쏙 빠질 만큼 야단을 쳤다.

"발길질, 그거 엄청 나쁜 거야. 엄마도 발길질할 수 있는데 안 하는 거야."

내 머릿속엔 온갖 생각이 들끓었다. 너무 오냐오냐 키워서 그런 건지, 육아 방법에 문제가 있는 건지, 아침부터 이게 무슨 전쟁인지…. 내 불호령에 은지의 작은 어깨는 한참을 들썩이다 겨우 진정됐다.

"은지야! 우리는 가족이잖아. 그치?"

나는 은지를 꼭 안아주었다. 은지는 아무 말도 하지 않고 안겨 있었다. 입술이 아래로 축 처진 채 아기처럼 멀뚱멀뚱 안겨 있었다. 무어라 할 말이 너무 많아서 어디서부터 어떻게 말해야 할지 모르는 얼굴이었다. 나도 마찬가지였다. 당황스럽고 속상하고, 아침 시간이라 시간은 촉박하고… 말 그대로 사면초가였다.

은지를 겨우 챙겨서 유치원에 보내고 방에 앉아 멍하니 벽을 쳐다봤다. 겨울바람 같은 허망함이 갈비뼈 사이로 불어왔다. 은지를 키우는 동안 잠도 제대로 못 자고, 밥도 제대로 못 먹고, 정말 수없이 포기하며 키웠는데…. 내가 낳진 않았지만 나도 엄마니까 그게 당연하다고 생각하고 키웠는데…. 허망함은 하얀 눈보라가 되어 심장 가득 흩날렸다.

은지를 처음 만난 날도 눈발이 날리는 늦겨울이었다. 제주도 외곽에 있는 미혼모 시설에서 은지를 처음 만났다. 생후 11개월이었던 은지는 두 뺨이 터질 듯 빵빵했고, 그 모습이 볼수록 신기하고 귀여웠다. 우린 그렇게 가족이 됐다.

나는 다시 육아를 시작했다. 40대 중반에 아이를 키우다 보니 입술이 성한 날이 없었다. 시도 때도 없이 물집이 잡히고 좀 나을 만하면 입 안에 뭔가 오돌토돌한 것이 올라오고, 좀 지나면 다시 입가에 물집이 잡히기를 반복했다. 잠 한번 실컷 자보는 게 소원이었다.

친정어머니는 "왜 사서 고생을 하느냐?" 혀를 찼지만, 그 말이 귀에 들어오지 않았다. 쭉쭉 우유병을 빨고 입맛을 다시고 트림하는 은지가 우리 집에 있다는 게 마냥 신기하고 사랑스러웠다.

또 신앙인으로서 '살아내고' 싶었다. 거룩하게 예배하고 기도하면서, 정작 삶은 그렇지 못한 사람들을 볼 때마다 말 없이 삶으로 살아내는 것이 진짜 신앙인의 모습이라고 생각했었다. 그래서 나부터 그렇게 살아내려고 무던히 애썼다.

성경에 '즐거워하는 자들과 함께 즐거워하고 우는 자들과 함께 울라'는 구절이 있다. 나는 은지 엄마로 살면서 그 삶을 배우는 중이다. 은지가 첫걸음을 뗄 때, 은지가 말을 할 때, 은지가 성장할 때마다 즐거운 손뼉을 쳤다. 은지가 울 때, 은지가 친엄마를 만날 때, 내 품에 안고 다독이며 나 또한 조금씩 성장했다. 그게 가장 큰 보람이었다.

엄마란 그런 존재인가 보다. 삶으로 살아내는 사람. 아이를 통해 본질을 깨닫고 배워가는 사람…. 사실 은지의 발길질 이후 '나처럼 속이 좁아터진 사람이 위탁엄마를 할 수 있을까?' 고민하기도 했다. 더 성숙한 사람이 해야 하는 일에, 내 수준도 모르고 함부로 덤빈 것 같아 마음이 무거웠다.

그날 오후였다. 무겁고 착잡한 마음으로 미술학원에 은지를 데리러 갔다. 혹시 은지도 온종일 처져 있던 건 아닌지 걱정을 하면서 갔다. 그런데 은지는 나를 보더니 활짝 웃으며 달려왔다. 그리고 해맑은 얼굴로 말했다.

"엄마, 나 엄마한테 할 말이 있어요."

"응? 뭔데?"

"난 엄마를 사랑해요."

"히히, 그래, 엄마도 은지를 사랑해!"

우리는 두 손을 꼭 잡고 집으로 걸어왔다. 하늘은 더 높아

보였고, 새소리가 유난히 가까이 들렸다. 은지도 나도 또 한 뼘 성장한 것 같았다. 더 깊은 가족이 되는 시간. 지금은 부딪히고 깎여가면서 가족으로 스며드는 시간인가 보다. 이렇게 진짜 가족이 되는가 보다. 심장 가득 꽃향기가 퍼졌다.

아이를 키우는 마을

은지가 세 살이 되던 해, 제주가정위탁지원센터 담당 선생님과 함께 은지 친부모를 만났다. 은지를 낳아준 엄마, 아빠가 센터를 통해 은지를 만나고 싶다는 연락을 해 와서 약속을 잡은 것이다.

친엄마는 마트에서, 친아빠는 세탁소에서 아르바이트를 한다고 했다. 주말에도 일하느라 시간을 낼 수 없었는데, 은지를 보고 싶은 마음에 어렵게 짬을 냈다고 했다. 두 사람은 어떻게든 살아보려고 애쓰고 있었다. 그 모습이 흐뭇하면서도 짠해 보였다.

아직 말하는 게 서툰 은지는 친부모를 보고도 처음엔 어색한지 가까이 다가가지 못했다. 그러더니 어느새 책을 가져와 쑥 내밀면서 읽어달라고 하고, 깔깔 웃기도 하면서 살갑게 굴었다. 걸음도 못 걷던 아기가 뛰어다니고, 그림책을 같이 읽고, 사진을 찍으며 교감하는 걸 보면서 친엄마는 놀란 얼굴로 입을 쩍 벌렸다.

은지는 아기 때부터 그림책을 수시로 읽었다. 얼마나 많이 읽었는지 책 제목만 얘기해도 그 책을 정확히 뽑아내고, 제가 할 수 있는 수준에서 내용까지 줄줄 외워서 말할 정도였다. 그 모습이 신기하고 기특해서 물개처럼 손뼉을 치며 자꾸 시켜봤었다.

그랬던 은지가 이제는 엄마 아빠 앞에서 그림책을 읽어달라고 조르고 있었다. 기특하면서도 마음 한편으론 안쓰러웠다. 부모의 마음도, 아이의 마음도 내가 다 헤아릴 수 없었다.

은지는 특별한 아이고, 영리한 아이다. 혹시나 친부모의 지적장애가 아이에게 유전되었다면 조기 발견과 치료가 중요하기 때문에, 어렸을 때부터 늘 은지의 행동 하나하나를 유심히 관찰해왔는데 이렇다 할 증상이 없었다. 오히려 은지는 갈수록 영리해졌다. 그래서 은지가 원하는 놀이와 그림책으로 최대한 놀아주고 주변에는 자랑을 해댔다.

"은지가 얼마나 영리한데요."

"책을 얼마나 잘 읽는다고요."

자랑을 늘어놓을 때마다 사람들은 물었다.

"진짜 내 자식처럼 예뻐요?"

"남의 자식 데려다가 어떻게 키워요?"

자주 들었고, 자주 실망했던 말이다. 지금은 훌훌 털고 얘기하지만 처음 1, 2년은 그야말로 수행의 시간이었다. 이렇게 은지 엄마가 되는 거라고, 엄마란 이름은 쉽게 얻어지는 게 아니라고 마음을 다잡았지만 상처받은 마음은 어쩔 수 없었다. 그런데 시간이 흐를수록 은지 엄마이기 때문에 깨닫는 것들도 늘어갔다.

"예, 우리 은지는 특별한 아이예요."

"딸내미 시집 보낼 마음으로 키우고 있죠."


내가 은지와 보냈던 짧은 시간들을 은지의 친엄마, 친아빠 앞에서 떠올려보니 새삼 이 관계가 특별했다. 어색한 엄마, 아빠는 아이에게 자신을 적극적으로 소개하지도, 아이를 꽉 껴안고 애정 표현을 하지도 않았지만 나는 알 수 있었다. 그들 입가에 작은 미소가 번지는 것을.

은지는 꼭 키즈카페라도 온 것처럼 흥분했다. 그림책을 꺼냈다가 소꿉놀이 장난감을 줄지어 놓기도 했다가 소리치고 박수를 쳤다. 그러다가 가끔씩 나를 바라봤다.

"와, 우리 은지 기분이 좋구나?"

은지는 그 말에 내게 달려와서 와락 안겼다.

처음에는 갑자기 은지를 데려간다고 하면 어떡하나 걱정이 앞섰다. 언젠가 찾아올 이별이지만 준비되지 않은 이별은 상상도 해본 적이 없었기 때문이다. 그런데 이번 만남은 그저 얼굴 한번 보는 것에서 그쳤다. 다행이면서도 안쓰러운 마음이 교차했다.


앞으로 은지가 또 언제 친엄마, 친아빠를 만나게 될지, 은지의 앞날에 어떤 일들이 펼쳐질지도 알 수 없었다. 은지는 지금 같이 놀고 있는 사람들이 자신을 낳아준 부모라는 것도 모르는 눈치였다.

나는 처음으로 모인 세 가족의 어색하지만 단란한 모습을 보면서, 은지가 그 어떤 안개 속을 걸어가더라도 내가 작은 빛이 되어 은지를 이끌어줄 수 있기를 바랐다. 아무에게도 들리지 않을 만큼 작은 목소리로 기도했다.

'은지야, 엄마가 늘 은지 옆에 있을게. 사랑해.'

은지는 마치 내 마음을 읽기라도 한 듯 친엄마, 친아빠와 헤어지면서 내 손을 꼭 잡았다. 씩씩하게 잘 자랄 테니 걱정하지 말라는 것처럼. 나도 은지의 손을 잡고 친부모님께 인사를 건네고 돌아섰다.

"그럼 다음에 또 만나요."

우리가 나중에 이 만남을 어떻게 기억할지는 모르지만, 모쪼록 모두에게 상처가 아니라 좋은 기억이 되기를 바랄 뿐이었다.

# 2장

# 나는 너에게서 세상을 배운다

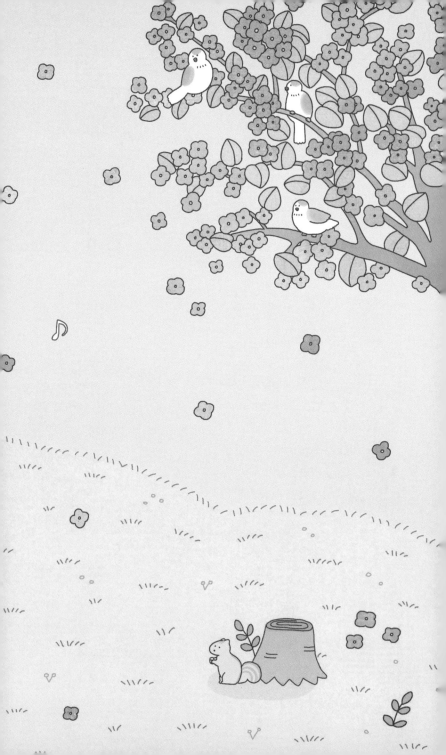

친정 어머니는 내가 '위탁부모'가 되는 걸 속상해하셨다. 교사인 언니처럼 방학 땐 여행도 다니고, 사업하는 동생처럼 맛있는 것도 즐겨 먹으면서 여유롭게 살길 바라셨다. 그런데 나는 어머니의 바람과는 늘 반대였다.

20대엔 커다란 여행 가방 하나를 들고 지적장애 시설에 들어갔다. 그곳에서 열다섯 명의 원생들과 작은 방에서 함께 살았다. 목욕을 시키고, 산더미 같은 빨래를 하면서도 힘든 줄 몰랐다.

적은 월급으로 적금도 붓고 기부도 했다. 그때의 나는 원생들과 교감하는 것이 행복했고, 매일매일 반복되는 생활이 전혀 지루하지 않았다. 후원물품으로 들어온 헌 옷을 골라 입는 일도 마치 백화점에서 쇼핑하는 것처럼 즐거웠다.

한 달에 한 번 2박 3일의 휴가를 받아 집에 가면 친정어머니는 나를 딱하게 바라보셨다. 꼭 그렇게 살아야 하는지, 정말 속을 알 수 없다는 듯 애처롭게 보셨다. 한숨을 푹푹 내쉬면서 내가 좋아하는 음식을 한 상 가득 차려주셨다.

결혼하고 아이 둘을 낳고 아파트를 샀을 때도 나보다 어머니가 더 좋아하셨다. 이제 좀 살 만한가 싶었는지 안심해하셨다. 그런데 딸이 또 '위탁부모'를 하겠다고 하니. 어머니는 '위탁부모'가 뭔지 잘 모르셨지만 직감적으로 느끼셨던 것 같다. 또 힘들고 고된 일을 자처한다는 것을.

"위탁부모? 그럼, 돈은 나오냐?"

"조금, 보조해주긴 하는데….”

"아이고, 미쳤다!"

나는 어머니 눈에 미친 사람이었다. 낯선 아기를 데려와서, 자유도 없이, 내 돈을 보태가며 키우는 게 보통 사람의 상식으론 이해되지 않는 일이었다. 나는 어머니의 심정을 알면서도 내 편을 좀 들어줬으면 하는 이기적인 마음을 가지기도 했다.

그렇게 시간이 지나고, 위탁부모로서의 이야기를 중앙일보에 연재하기 시작했다. 어머니는 인터넷을 못 하시니까 찾아서 읽어볼 수도 없는데, 언니를 통해 소식을 전해 듣고 또 아이처럼 좋아하셨다.

"아이고, 잘했다. 잘했어!"

부모는 그런가 보다. 온 신경이 자식에게 가 있다. 자식 중에서도 더 어렵고 힘든 자식이 마음에 걸리나 보다. 어머니는 오늘도 내 걱정이다. 밥은 잘 챙겨 먹고 다니는지, 은지가 말썽은 안 부리는지, 내가 그렇게 갈망했던 대학원 학비는 마련했는지….

자식으로서 부모님 마음을 편하게 해드리는 게 효도인데, 나는 어머니께 걱정만 끼치는 것 같다. 잘 먹고, 잘 자고, 건강하게 지내면서 어머니께 조금 더 사랑을 표현해야 하는데. 그게 쉬우면서도 제일 어렵다.


에리히 프롬은 사랑은 '감정이 아니라 기술'이라고 말했다. 한순간 확 달아올랐다가 사그라지는 감정이 아니라 어떻게 표현하고 어떻게 다루어야 하는지 알아가는 기술이라고.

어머니는 삶 속에서 그 기술을 이미 익히신 게 아닐까? 어린 시절의 내가 정의감에 불타서 지적장애 시설에 들어간다고 했을 때도, 위탁부모가 되겠다고 했을 때도, 사실은 한 번도 화를 내거나 반대하지 않으셨다. 돌아서서 속앓이를 하셨을지는 몰라도 자식이 걱정되는 그 아린 마음을 쓸어내리며 묵묵히 지켜봐주셨다.

그런 침묵은 어머니 나름의 사랑 표현이었다. 별말 없이 믿어주고 변함없이 바라봐주는 것. 끝까지 기대하는 것…. 어머니는 사랑을 아는 분이다. 지금도 명절이 돼서 친정에 가면 어머니는 조용히 음식을 담아 혼자 사는 어르신께 갖다드린다.

그 사랑과 헌신 덕분에 오늘의 내가 있다. 욱신거리는 무릎으로도 손수 김장을 하시고는 자식 줄 생각에 활짝 웃으시는 어머니. 된장, 간장을 직접 담가서 내게 아낌없이 퍼 주시는 어머니. 그 무한한 사랑에 경의를 드린다.


은지가 벌써 서른 번도 더 읽은 책『강아지 똥』의 마지막 장에는 강아지 똥이 민들레를 힘껏 끌어안는 장면이 나온다. 강아지 똥은 산산이 부서지고 녹아들어서 결국 노란 민들레를 피워낸다. 어디 꽃뿐일까? 자식은 부모님의 사랑과 헌신으로 피어난 사람들 아닌가? 어머니가 나를 피워냈듯이.

오늘도 휘청거리며 포기하고 싶어지지만 내 안에 녹아든

어머니의 사랑이 방패가 되어주고 있다. 산산이 부서져 내 안에 녹아든 어머니가 육아에 지친 나를, 새벽에 일어나 원고 쓰는 나를 힘껏 끌어안아 주신다.

나는 은지를 품고 기르는 내내 어머니를 흉내 내려고 애썼다. 앞으로도 어머니의 사랑과 헌신을 본보기 삼아 그것을 이어가는 게 내 몫이라 생각한다. 내리사랑이라는 말이 있듯, 은지를 꼭 끌어안고 노란 민들레 한 송이를 피울 수 있다면 얼마나 멋진 인생인가? 나의 어머니 이화자 여사의 마음을 담아 오늘도 은지를 불러본다.

"피어라, 은지야!"

부침개가 있는 풍경

추적추적 비가 오는 날이면 친정어머니는 부침개를 부쳤다. 달궈진 팬에 기름을 두르고 반죽을 한 국자 떠 넣으면, 주방 가득 촤르르 소나기 쏟아지는 소리가 났다. 옆에 있던 내 입에도 금세 침이 고였다.

"은희야, 이거 옆집 갖다 주고 와라."

어머니는 음식을 하면 꼭 이웃들과 나누셨다. 음식은 뜨끈할 때 먹어야 제맛이라고 심부름을 재촉하셨다. 어린 마음에 '이렇게 맛있는 걸 다 나눠 주면, 우린 어떡하나' 걱정했었다. 어머니는 소소한 것들을 즐겁게 나누셨고 나는 그걸 보면서 자랐다.

내 기억엔 없지만 어머니가 자주 들려주시던 이야기가 있다. 내가 국민학교 1학년이었을 무렵, 어머니는 시장에 가시고 혼자 놀고 있었는데 교회 권사님들이 집에 찾아오셨다. 나는 평소 봤던 것을 떠올리며 어머니처럼 뭐라도 대접하고 싶은 마음에 가루 주스(불량식품) 두 봉지를 물에 타서 갖다 드렸다. 싱거운 주스맛 물을 드신 권사님들이 재미있는 일이었다며 어머니께 이야기를 전하셨다고 했다.

사실 나눔은 나를 위한 것이었다. 나누면 내가 행복했다. 나눈 것보다 더 많이 받을 땐 황송하기도 하고, 감격스럽기도 했다. 어머니 모습을 보며 어머니답게 자랐다. 자연스러운 일이었다.


20대엔 큰 가방 하나를 챙겨 지적장애 시설에 들어갔다. 어머니는 "네가 왜 그런 데 들어가냐?", "실연이라도 당했냐?"하며 만류하셨다. 나눔이 일상이었던 어머니도 딸이 고생하는 건 차마 보기 힘들었던 것 같다.

자그마한 방에 열다섯 명의 원생들이 모여 살았는데 추적추적 비가 오는 날이면 방 안에 빨랫줄을 걸고 남루한 옷가지들을 겹쳐 널었다. 쿰쿰한 냄새가 안개처럼 퍼졌고, 익숙한 고요가 벽을 타고 곰팡이가 되어 피었다.

그곳은 명절이면 더 조용했다. 명절 전에는 손님도 많이 오고 선물도 많이 받았지만, 정작 명절 당일은 하루 종일 조용했다. 원생들을 씻기고 빨래를 하고, 밥을 먹고, 또 빨래를 하고, 청소를 하고, 또 밥을 먹으면서 하루를 보냈다. 평일보다 조용한 명절이 길고 지루했다.

세월이 흐르고, 시설에서 퇴사한 다음 지금의 남편을 만나 결혼했다. 두 아이를 낳고는 바다 건너 제주도로 이사했다. 우연한 기회에 독서 치료 수업을 맡게 됐는데, 그때 제주보육원 아이들을 만났다.

아이들은 고맙게도 나를 잘 따라줬다. 초등학생이던 아이들이 중·고등학교를 마치고, 보육원을 퇴소하고도 계속 연락해줬다. 사회복지 시설의 상황을 잘 알고 있던 나는 명절 전날이면 아이들을 집으로 초대해서 같이 장을 보고 음식을 만들고 기름진 수다를 떨었다.

"선생님, 난 아이 낳으면 선생님한테 책 수업 받게 할 거예요."

대학에 합격했다며 작은 케이크를 사 온 녀석이 피식피식 웃으며 이야기를 했다. 녀석은 사귀던 여자 친구와 헤어졌을 때도, 첫 월급을 받았을 때도 내게 연락해줬다. 그렇게 누군가의 성장을 지켜볼 수 있다는 게 얼마나 큰 축복인지, 짠하고 고마웠다.

덕분에 우리 집 아이들은 어려서부터 보육원 언니, 오빠들과 자연스럽게 어울려 지냈다. 처음엔 보육원이 어떤 곳인지도 몰랐는데 시간이 지나면서 알게 되었고 그 후로는 아이들도 '삶의 작은 부분들까지 모두 감사하다'고 입버릇처럼 얘기했다.

위탁가족이 될 때도 두 아이가 적극적으로 동의해줬다. 위탁가족 신청은 가족 중 한 사람이라도 반대하면 할 수가 없는데 두 아이들은 지원서에 사인을 하고, 은지가 우리 가족이 되는 게 기대된다고 했다. 각자 할 수 있는 일을 배분하면서 은지를 기다려줬다.

첫째 휘성이는 오후마다 은지를 어린이집에서 데려오고, 외출할 땐 항상 안아줬다. 둘째 어진이는 틈날 때마다 아장아장 걸음마 연습을 시켜주고, 그림책을 읽어주고, 청소와 설거지를 도와줬다.


두 아이도 내 뒷모습을 보고 자랐나 보다. 친정어머니의 나눔이 나를 통해 아이들에게까지 전해지는 걸 보면, 가장 강력한 교육은 '부모의 삶'이 맞는 듯하다. 매 순간 나를 돌아보고, 단련해야 하는 이유이기도 하다.

휘성이는 미국으로 가려던 계획을 부침개처럼 뒤집고 라오스로 갔다. 라오스의 어느 작은 마을에서 아이들에게 영어를 가르치는 휘성이는 그게 행복하단다. 어진이는 국제외교에 관심을 갖다가 지금은 사회학을 공부하면서 검정고시를 준비하는 학생들을 가르친다.

두 아이를 보면 '친정어머니 마음이 이랬을까?' 싶다. 내가 힘든 건 괜찮은데 힘들어하는 자식들을 보는 건, 내 몸이 뜨거운 팬 위에서 지글지글 지져지는 것 같다. '이렇게 어른이 돼가는 건지' 여전히 화끈거리고 아리지만, 그때마다 "이게 큰사람이지", "이게 인생이지" 하고 흔들리는 믿음을 세워본다. 오늘도 나는 유년 시절을 회상하면서 시간이 지나도 변치 않는 '나눔의 법칙'을 다시 생각한다. 나를 다독이면서.

은지는 몸에 달라붙는 옷을 싫어한다. 아이들은 원래 답답한 것을 못 견디는데, 은지는 특히 사타구니에 팬티 고무줄이 끼는 걸 정말 못 견뎌 한다. 팬티를 입었는데 조금이라도 끼면 손가락으로 고무줄을 잡아당겨서 허벅지까지 쭉 내린다. 그리곤 어기적어기적 걸으면서 짜증을 낸다.

"이 팬티는 너무 딱 맞아요!"

"은지야, 딱 맞아야 먼지가 들어가지 않고, 소중한 부분도 보호해줄 수 있지. 엄마 팬티 봐봐?"

하도 답답해서 내 팬티를 보여주면서 설명했더니 은지는 킥킥 웃으며 되레 민망해했다. 살면서 팬티 때문에 고민한

적은 처음이다. 은지가 아침마다 너무 완강하게 표현하니까 억지로 입힐 수도 없었다.

정말 웃지 못할 고민이었다. 어떤 팬티를 사 줘야 은지가 편하게 입을까 고민하면서 남아용 팬티도 살펴보고, 여아용 사각팬티도 사봤다. "이것도 끼어요." 은지는 번번이 싫다고 했다. 남아용 팬티는 디자인이 싫고, 여아용 사각팬티는 허벅지 안쪽이 말려 올라간다고 했다.

은지가 원하는 팬티는 어디서 사야 할까? 은지랑 진지하게 이야기를 해봤다. 은지는 되도록 몸에 붙지 않는 팬티가 좋다고 했다. 우린 여러 팬티의 장단점을 생각해보고 그중에 장점이 많은 걸 사기로 했다.

그래서 은지가 지금 입는 팬티보다 더 큰 팬티를 사기로 하고, 마트에 가서 열 장을 사 왔다. 사이즈가 큰 팬티는 허리랑 사타구니가 넉넉하니까 덜 낄 거라는 생각이었다. 다행히도 그 후부터는 팬티 입는 일이 수월해졌다.


하루는 빨래를 개다가 은지 팬티를 들고 "이거 언니가 입어도 되겠네?" 했더니 "안 돼요, 은지 거예요!" 하면서 낚아채 갔다. 팬티를 얼마나 소중히 여기는지 빨래걸이에 줄줄이 걸어놓은 팬티가 만국기처럼 흔들리면 "내 거 다 말랐어

요?"하고 확인할 정도다.

"오늘은 공주 그림 팬티요!"하고 먼저 주문하기도 하고, 옷 색깔에 맞춰서 팬티 색깔을 고르기도 한다. 은지 체격보다 큰 팬티를 입지만 은지가 편하다고 하니까 나도 편하다.

요즘도 가끔 팬티 투정을 한다. 그런 날은 하늘하늘한 원피스랑 속바지를 꺼내준다. 시원한 원피스에 펑퍼짐한 속바지를 주면 금세 얼굴이 밝아진다. 원피스를 입을 땐 마음껏 움직여도 팬티 때문에 불편할 일이 없다.

원피스를 자주 입는 은지를 본 지인이 은지더러 원피스가 참 잘 어울린다고 칭찬했는데, 원피스를 입는 진짜 이유는 팬티 때문이었다. 펑퍼짐한 속바지를 입으려면 원피스가 제격이고 그래야 은지도 편하고 나도 편한 날이 된다.


가족이 된 지 몇 년이 지났는데도 우린 서로가 원하는 걸 계속해서 찾아가고 있다. 어떤 게 편하고 좋은지, 어떨 때 만족스럽고 행복한지…. 계속 이야기하면서 그 접점을 찾는 중이다. 앞으로도 은지가 입는 것과 먹는 것, 노는 것과 자는 것을 은지의 입장에서 생각하고 최선의 선택을 찾으려 한다. 그게 사랑이 아닐까 하면서.

사랑은 상대의 입장에서 생각하고 상대가 원하는 걸 주는 것이다. 그러고 보면 은지의 팬티는 그냥 팬티가 아니었다. 은지만의 철학이 있는 팬티였다. 그렇다. 내가 어떤 눈으로 바라보느냐에 따라 팬티에도 철학이 있다.

부끄러움을 무릅쓰고

　은지는 요즘 한글을 배운다. 읽고 쓰면서 열심히 배운다. 가끔은 소리 나는 대로 쓰기도 하지만 그게 너무 귀여워 볼 때마다 사진을 찍어놓는다.

　며칠 전엔 전래동화를 '절레동화'라고 써놓은 걸 보고 한참을 웃었다. 이 시기에만 볼 수 있는 은지다운 글씨였다. 은지의 서툰 글씨를 보면서 나도 엄마로서 서툴렀던 시절이 있었다는 게 새삼 떠올랐다.

　스물여섯 살, 8월이었다. 새벽부터 허리를 중심으로 싸한 기운이 퍼지더니 뼈 마디마디가 빨래 짜듯 뒤틀렸다. 사지가 파르르 떨렸다. 온몸이 꺾이고 찢기는 듯했다. 이가 부서지도록 앙다물었다가, 입술이 찢어지도록 쫙 벌렸다.

산부인과 침대에 누워서 양다리를 벌리고 두 팔로 침대 난간을 잡았다. 분만실에선 부끄러움을 먼저 벗어야 했다. 내 몸이 쪼개지고, 으깨지더라도 낳아야만 했다.

"마지막으로, 한 번만 더 힘을 주세요!"

아무것도 할 수 없을 것 같았는데, 그 소리에 침대 난간을 잡고 사지를 쫙 뻗으며 소리쳤다. "으, 으, 으아아악" 순간 왈칵하면서 뭔가가 몸에서 쑥 빠져나갔다. 여전히 무섭고 막막했지만 상황이 조금 달라진 것 같았다.

온몸이 다시 떨렸다. 아무것도 알 수 없었고, 아무것도 할 수 없었다. 하얀 병실, 천장의 불빛까지도 갈기갈기 찢어져 있었다.

"축하합니다! 아들입니다!"

"으, 으, 응애!"

너덜너덜해진 몸 위로 아기가 먼저 찾아왔다. 작고 쭈글쭈글한 아기를 보는 순간, 그간의 진통이 다 아무는 것 같았다. 건강하게 태어난 게 고맙고, 우렁차게 울어줘서 고맙고, 고맙고, 또 고마웠다.

손바닥만 한 아기 얼굴에 눈, 코, 입이 다 붙어 있었다. 심지어 새끼손톱, 새끼발톱, 속눈썹까지 다 있었다. 신기하고 경이로웠다. 내 몸속에서 한 생명이 태어났다는 게 믿기지 않았다. 쳐다보고 또 쳐다보며 눈가를 훔쳤다.

한 번 더 왈칵하면서, 태반이 나왔다. 뒤처리가 진행되는 동안 내가 엄마가 됐다는 게, 작고 신비로운 생명의 엄마가 됐다는 게 오묘하고 또 무겁게 다가왔다. 끝날 것 같지 않던 산고는 그렇게 끝이 났다.


그 후로 내가 가장 존경하는 인물은 '엄마'다. 몸속에 생명을 품은 엄마, 부끄러움도 벗어던지고 긴긴 진통을 감당한 엄마, 너덜너덜해진 몸으로 아기를 향해 고마워하는 엄마….

고통 끝에 엄마가 되고 보니, 낳는 것보다 키우는 게 더 힘들었다. 아기는 두세 시간에 한 번씩 깨서 울었다. 기저귀를 갈고, 분유를 먹이고, 트림을 시키고 겨우 잠을 자려고 하면 아기는 다시 깨서 울었다.

어떤 날은 기저귀를 잘못 채워서 아기 이불이 노란 똥 범벅이 되기도 하고, 어떤 날은 아기가 트림을 하지 않아서 그냥 눕혔는데 분수처럼 우유를 다 토해버리기도 했다. 아기도 울고 나도 울었다.

아기가 자라면 좀 낫겠지, 했는데 걷기 시작하니까 사고의

연속이었다. 침대 모서리에 이마가 찢어져서 응급실에 가고, 열이 나서 응급실에 가고…. 첫 아이는 유독 병원을 자주 들락거렸다.

서툰 엄마는 그때마다 발을 굴렀다. 아기를 어떻게 키워야 하는지 배운 적이 없었다. 인터넷이 발달한 시기도 아니어서 주변 어른들께서 여쭤보며 아주 더디게 배워나갔다.

아기가 코를 쿵쿵거릴 땐, 면봉에 아기 로션을 묻혀서 콧구멍 입구를 살살 닦아주라고 했다. 아기가 잠을 안 잘 땐, 저녁에 실컷 놀아주고 뜨끈한 목욕물에 푹 잠기게 씻긴 다음 따끈한 우유를 배불리 먹여서 재워보라고 했다.

엄마로서 배워야 할 게 끝이 없었다. 아이가 어리면 어린 대로, 크면 큰 대로 엄마의 자리와 역할이 있었다. 나도 점점 용감한 엄마가 되어갔다. 우리 아이를 위해 목소리 큰 엄마가 되기도 했다.

예전엔 우리 엄마가 조금 더 나긋나긋했으면, 조금 더 고상했으면 싶었다. 하지만 내가 엄마가 되어보니 엄마가 부끄러움을 무릅쓴 건 나 때문이었다.


은지가 서툰 솜씨로 한글을 배우는 걸 보면서 나 역시 은지의 글씨처럼 서툴렀던 건 아닌지 돌아봤다. 은지에게 실수하는 것들이 분명 있을 것이다.

만약 엄마학교가 있다면 어떨까? 산부인과에, 보건소에, 주민센터에 엄마학교, 아빠학교, 부모학교가 생긴다면 어떨까? 정기검진만 받는 게 아니라 엄마로서, 아빠로서, 부모로서 어떻게 해야 하는지 배울 수 있다면.

은지가 한글을 배우듯 엄마도 기초부터 하나하나 배울 수 있다면, 엄마가 되는 것도, 엄마를 이해하는 것도 좀 더 쉽지 않을까? 적어도 한 생명에 대한 고귀함은 배울 수 있지 않을까? 은지의 서툰 글씨를 보면서 서툰 내 모습을 돌아본 하루였다. 그래서 또 감사하다.

아빠와 오빠 사이

첫째 휘성이가 은지를 데리고 나갈 때면 종종 오해를 받았다. 키가 큰 휘성이가 은지를 번쩍 안은 모습을 보고 일찍 결혼한 어린 아빠인 줄 아는 것이다. 은지를 쳐다보는 눈빛도 꼭 아빠 같아서 "어머, 첫째 아이예요?" 하는 질문을 자주 받았다.

그때 휘성이 나이가 스물이었다. 은지를 데리고 나갈 때마다 그런 질문을 받으니 나중엔 만성이 됐는지 나중엔 그저 웃음으로 무마했다. 이제는 물음표를 띄우는 사람들에게 '아, 그렇게도 생각할 수 있겠구나' 하면서 이해까지 한다.

휘성이는 눈이 크고 이목구비가 뚜렷한 편이다. 은지는 쌍

꺼풀이 없고, 동글동글한 얼굴형에 코끝도 동그랗다. 피부가 뽀얀 것 빼곤 서로 닮은 데가 없는데 그래서인지 사람들은 더 궁금해했다.

"아기가 엄마를 닮았나 봐요?"

여자 친구도 없는데 아기 아빠로 불리는 게 우습다면서도, 휘성이는 외출할 때마다 은지를 안아줬다. 안고, 눈 맞추고, 노래해주고, 은지 눈에 보이는 것마다 일일이 설명해주는 모습이 내가 봐도 여느 아빠 같았다.


한번은 휘성이가 병역 서류 때문에 병무청에 갈 일이 있다고 해서 은지를 데리고 셋이 집을 나섰다. 약속 시간에 맞춰 도착했는데 주차할 곳이 없었다. 그래서 휘성이랑 은지를 먼저 내려주고 나는 주차할 자리를 찾아 빙빙 돌다가 뒤늦게 들어갔다.

휘성이는 한 팔로 은지를 안고, 서류를 쓰고 있었다. 담당자는 젊은 아빠가 참 애쓴다며 대견한 표정으로 아이들을 바라보고 있었다. 내가 휘성이 옆에 가서 "은지야, 엄마한테 와!" 하고 두 팔을 벌렸더니 그 담당자 눈이 갑자기 동그래지면서 우리 셋을 번갈아 쳐다봤다.

마치 젊은 남자가 어쩌자고 나이 많은 여자와 결혼해서 저

고생을 하고 있나, 하는 표정이었다. 나는 "은지야! 오빠 이거 써야 되니까 엄마랑 있자." 하면서 일부러 크게 말했다.

"어머, 오빠예요? 아빠 줄 알았어요!"

"하하하, 자주 오해받아요."

조금 안도한 듯한 그 담당자의 표정에 나도 웃음이 나왔다. 은지를 키우면서 각양각색의 이목을 만났다. 그때마다 받아들이는 훈련을 한 것 같다. 남들의 시선, 남들의 말에 하나하나 신경 쓰고 대응하다 보면 지치는 건 나였다.

휘성이도 그걸 자연스럽게 깨달았는지 은지 아빠로 오해를 받아도 크게 신경 쓰지 않았다. 한창 민감한 나이였는데도 그런 말에 웃고 넘어가준 아들이 새삼 고맙다. 어쩌면 그런 경험 때문에 꿋꿋하게 제 진로를 찾아간 게 아닐까.

휘성이는 라오스에 있는 국제학교에서 초등부 영어교사로 일하고 있다. 아이들과 함께 있는 게 행복하다고 한다. 간혹 라오스 학생들과 같이 찍은 사진을 보내오는데 교복을 입은 학생들 사이에서 웃고 있는 휘성이를 보면 편안하고 행복해 보인다.

이제는 코로나 때문에 2년 가까이 입국도 못 하고 간혹 영상 통화를 하는 게 전부지만, 은지는 가족화를 그릴 때 오빠를 제일 가운데에 그린다. 키가 큰 오빠가 활짝 웃는 모습을 멋있게 그려놓고 스스로 뿌듯해한다.

"엄마, 우리 오빠한테 전화해볼까요?"

은지는 휘성이랑 영상 통화를 하면 좋아서 어쩔 줄 모른다. 엉덩이를 흔들고, 미간을 찌푸리고, 윗니 아랫니를 딱딱 부딪치면서 이상한 소리를 낸다. 휘성이도 은지가 귀여워서 장난을 친다. 큰 눈을 더 크게 뜨고 화면 가까이 들이대기도 하고, 입을 쫙 벌리고 목청을 보여주기도 한다. "오빠, 오빠!" 은지는 깔깔 웃으며 쉬지 않고 오빠를 부른다.

은지의 추억 속에도 휘성이와의 시간이 행복하게 자리 잡았으면 좋겠다. 그리고 어서 코로나가 잠잠해져서 내년 여름 방학 땐 꼭 만날 수 있기를 기대하고 있다.


휘성이가 한창 은지를 안고 다닐 때가 은지가 겨우 말을 배울 즈음이었다. 가족들이 은지 앞에 모여 앉아서 손가락으로 한 명씩 가리키며 "누구지?" 하고 물으면 은지는 "엄마" "압빠" "업빠" "언니"라고 답했다. 물개 박수를 치며 무한 반복했었다.

"아빠"인지 "업빠"인지 모호하게 부르니까 휘성이가 더 오해를 받았던 것 같다. 밖에 나가서도 은지가 휘성이에게

"업빠"라고 했을 테니까. 사람들은 아기를 안은 건장한 남자를 보고 한 치의 의심 없이 아빠라고 믿었을 테니까.

지금은 멀리 라오스에서 영상 통화로만 만나는 오빠지만, 은지는 내년에 오빠를 만나면 뭘 하고 놀 건지 계획을 세우고 있다. 오빠도 은지 계획을 눈치채고 은지가 좋아하는 장난감이랑 자장면이랑, 돈가스를 사 주겠다고 미리 약속했다.

아빠 같은 오빠랑 통화를 끝내면서 은지는 붕어처럼 입술을 쭉 내밀었다.

"오빠 사랑해, 우-"

"오빠도 은지 사랑해! 우-"

우리 아이들이 이런 모습을 보여준다는 게 감사하다. 학교나 학원에서도 배울 수 없는 것들을 위탁가족이 되어서 배우고 있다. 삶으로 쓰는 시 한 편이다.

보
석
으
로

바
꾸
는

것

요즘은 코로나19가 장기화되면서 거의 집에서만 지내고 있다. 은지는 심심해서 몸을 배배 꼰다. 유치원 입학식도 연기됐고, 매일 가고 싶어하는 미술학원도 휴원 중이다. 집엔 텔레비전도 없고, 장난감을 갖고 노는 것에도 한계가 있었다. 은지는 매일 재미있는 걸 찾으려고 밖으로 나가자고 하지만 간혹 동네 마트에 나가는 게 유일한 외출이다.

하루는 우유 하나를 사서 집으로 돌아오는 길이었다. 은지가 내 손을 잡고 아파트 놀이터 쪽으로 끌고 가더니 미끄럼틀을 딱 한 번만 타고 가자고 졸랐다. 한산한 놀이터엔 아이들 네댓 명이 놀고 있었다.

정말 딱 한 번만 타고, 서둘러 집으로 가려고 하는데 은지가 갑자기 흙바닥에 쪼그려 앉았다. 뭐가 있나 싶어서 봤더니 하얀 비비탄 총알이었다. 은지는 보석을 발견한 듯 놀라워하며 총알을 하나하나 소중하게 줍고 있었다. 그걸 보는데, 내 유년 시절이 흑백 사진처럼 겹쳐 보였다.


"은희야! 밥 무라!"

붉은 노을이 물감처럼 번지는 시간이었다. 어머니는 항상 밥으로 내 놀이를 뚝 끊어버렸다. 밥은 나중에 먹어도 되고, 안 먹어도 되는데 왜 밥, 밥, 하시는지 도무지 이해가 되지 않았다.

"안 먹을래요!"

크게 소리치고 조금 더 놀았지만, 어머니의 끈기엔 당할 수가 없었다.

"니, 진짜 밥 안 묵나?"

악센트가 들어간 말에 뜨끔했다. 여러 번 말해도 듣지 않으면 나중엔 더 크게 혼날 게 뻔했다. 어머니는 입술을 쭉 내밀고 위아래로 날 쳐다보며 마룻바닥을 탁탁 치실 테니까. 그건 생각만 해도 오금이 저리는 일이었다.

하늘은 점점 어두워지고, 아이들은 집으로 돌아가고…. 어머니의 밥 먹으란 소리에 흥이 한풀 꺾여 터덜터덜 집으로 걸어가던 기억이 아직도 또렷하다. 그땐 늦게까지 뛰어놀았다. 마치 놀기 위해 태어난 아이처럼. 고무줄, 사방치기, 공기놀이, 종이인형, 술래잡기, 땅따먹기….

예나 지금이나 아이들은 놀면서 배운다. 놀면서 자기 것을 주기도 하고, 받기도 하고. 고마워, 미안해, 괜찮아, 하면서 관계도 배운다. 나도 그랬다. 모래로 밥을 짓고 햇살로 국을 끓이면서 행복한 나눔을 배웠다. 자연스럽게.

그땐 동네 어른들도 서로서로 아이들을 챙겼다. 옆집 아이의 밥도 챙겨주고, 뒷집 아이도 같이 재워줬다. 생각해보면 그 문화와 사고는 '가정위탁'의 개념과 비슷한 데가 많다. 이웃끼리 챙겨주던 공동체 의식은 현재 가정위탁을 하는 위탁 엄마들의 마음과 같다.

내 아이만 잘 기른다고 잘 자랄 수 있는 사회가 아니니까. 내 아이가 만나는 친구들, 내 아이가 접하는 환경을 같이 보호하지 않으면 안 되니까. 이제는 의무감에서라도 동네 아이들을 살펴야 하는 시대가 돼버렸다.


은지 노는 모습을 보고 있자니, 하루 종일 밖에서 뛰어놀고 친구네 집에서 밥 한 끼 얻어먹던 그때가 사뭇 그리웠다.

코흘리개 친구도, 구구단을 못 외우는 친구도 모두가 어울려서 뛰어놀았던 그때가.

바닥에서 주운 비비탄 총알을 보석처럼 움켜쥐는 은지를 보면서 내가 잃어버린 동심도 찾고 싶다고 생각했다. 언제, 어디서, 어떻게 잃어버렸는지조차 알 수 없는 나의 동심은 은지랑 닮았을까?

집으로 돌아오는 길. 은지는 한쪽 손을 주머니에 넣고 보석을 만지작거렸다. 까치발로 깡충깡충 뛰며 콧노래를 불렀다. 동심은 비비탄 총알도 보석으로 바꾸고, 무거운 발걸음도 날아가게 한다.

코로나19로 모두가 지친 지금. 아이들은 이 상황을 어떤 눈으로 바라보고 있을까? 시간 너머에 있는 보석을 보고 있지는 않을까? 고마워, 미안해, 괜찮아 하면서 활짝 웃고 있지는 않을까? 햇빛이 찬란한 오후. 보석 같은 은지 손을 잡고 콧노래를 부르면서 집으로 돌아왔다.

삐리릭- 삐리릭. 아침 8시를 알리는 알람이 울렸다. 나는 습관처럼 알람을 끄고 옆에 있는 은지를 끌어안았다. 손바닥 가득 콩콩, 은지의 심장 소리가 전해졌다. 작은 뺨에 뽀뽀를 하고, 머리를 쓸어주고, 등을 살살 긁어주었다.

"은지야, 더 자고 싶어?"

귓가에 대고 물었다. 대답도 귀찮은지 고개만 살짝 끄덕이는 은지에게 "조금 더 잘까?" 하고 다시 묻는 순간, 은지가 갑자기 인상을 팍 쓰면서 이불을 뒤집어쓰고 소리쳤다.

"엄마, 미워!"

그래, 나는 '엄마'다. 미웠다가 좋았다가 하루에도 수십 번씩 감정을 쏟아낼 수 있는 은지 엄마다. 혈연을 뛰어넘어 엄마와 딸로 만난 사이인데 이렇게 눈치 보지 않고 미우면 밉다고, 좋으면 좋다고 표현하는 은지라서 참 다행이다.

위탁가족들의 호칭을 보면 제각각이다. 은지처럼 아기 때 위탁부모를 만난 경우는 엄마, 아빠라고 부른다. 하지만 어느 정도 커서 위탁부모를 만난 경우는 큰엄마, 큰아빠, 이모, 삼촌이라고 부른다. 한집에 이모랑 삼촌이 부부로 살고 있는 셈이다. 이상한 조합이지만 위탁가족 대부분은 대수롭지 않게 여긴다. 남남이 만나 가족이 되는 과정이니 그러려니 한다. 그렇게 식탁에 둘러앉아 밥을 먹다 보면 어느새 식성이 닮아가고 습관이 닮아가면서 진짜 가족이 된다.

초등학교 교과서엔 가족이 되는 세 가지 방법을 결혼, 출산, 입양이라고 설명하고 있다. 나는 여기에 하나를 더 추가하고 싶다. 가족이 되는 방법은 결혼, 출산, 입양, 위탁이라고. 이 네 가지 방법을 통틀어 표현하면 '사랑'이라고.

그러고 보면, 가족의 시작은 혈연이 아니라 사랑이다. 사랑하는 사람과 한 가정을 이루면서 가족이 시작된다. 사랑 속에서 한 생명이 태어나고, 사랑 속에서 한 생명이 자란다. 그렇게 성장한 사람이 또 사랑하는 사람을 만나고, 한 가정을 이루는 순환이 가족을 만든다.

　내가 위탁부모로 사는 것도 사랑 때문이다. 젖먹이 은지를 만나고, 가족이 되고, 매일 씻기고 입히면서 사랑을 경험했다. 사랑을 만지고, 안고, 돌보고, 키우면서 '경험하는 사랑'을 했다.

　사랑은 눈에 보였고 매일 자라났다. 막연한 사랑이 내 삶에 보였다. 나는 그 사랑에 별칭을 붙이고 은지라고 불렀다. 은지는 사랑으로 태어난 아이고, 사랑으로 자라는 아이고, 곧 사랑이었다.

　은지 덕분에 사람에 대한 생각도 달라졌다. 어린 은지를 키우면서 사람 자체가 사랑이라는 걸 깨닫는 순간, 세상의 모든 사람이 달라 보였다. 어린 사랑, 다친 사랑, 일그러진 사랑이 내게 말을 걸었다.


　요즘은 우리의 사랑을 '어떻게 이어갈 것인가'를 고민한다. 휘성이, 어진이, 은지가 평생 사랑하는 남매로서 관계를 이어가기를 바란다. 나도 남편도 나이를 먹어가고, 언젠가는 아이들만 남게 될 텐데, 그때도 셋이 서로 의지하고 사랑하면서 살게 하려면 어떻게 해야 할까.

　"엄마 아빠가 없어도 은지 잘 챙겨주고. 은지가 유학이라도 가고 싶다고 하면 도와주고… 알았지?"

첫째와 둘째에게 가끔씩 이런 이야기를 하면서도 한편으로는 두 아이에게 짐을 얹어주는 것 같아 미안한 마음도 든다. 부모가 선택한 것을 아이들에게 평생 전가시키는 것 같아서. 하지만 은지의 언니 오빠로 함께 살아간다면 그것도 행복한 인생 아닐까.

"은지는 나중에 친부모님까지 돌봐야 되잖아. 그러니까 너희들이 은지 많이 챙겨줘."

은지가 결혼하고, 아기를 낳고, 할머니가 될 때까지 우리가 가족이기를 바란다. 어느 동화책 마지막 페이지처럼 은지와 두 아이들이 "오래오래 행복하게 잘 살았습니다."라고 기록되었으면 좋겠다.

가족의 시작은 사랑이다. 우리가 오래오래 사랑하며 가족으로 살아가면 위탁가족을 바라보는 시선도 많이 달라질 것이라 믿는다. 엄마 둘, 아빠 둘에 언니와 오빠까지 있으면 더 유복한 가족이니까. 은지가 사랑이니까.

"은지야, 은지는 엄마도 둘, 아빠도 둘이야. 그러니까 두 배로 행복했으면 좋겠어."

아직 어린 은지가 알아듣든 못 알아듣든, 나는 항상 말한다. 은지가 가정 위탁을 받게 된 것은 은지의 잘못이 아니고, 상황 자체보다는 이런 상황을 어떻게 받아들이냐 하는 '마음'이 더 중요하기 때문이다.

내가 사는 제주는 좁은 곳이다. 서울에서는 같은 아파트에 살아도 이웃에 누가 사는지 잘 모르는데, 제주도는 끝에서 끝에 사는 사람도 몇 사람만 통하면 다 안다. 그래서 뭔가를 숨길 수도 없고 숨겨봤자 다 드러나게 된다.

막내 은지를 빼놓지 않고 소개하는 이유도 그렇다. 제주에선 숨기기도 어렵지만 숨기려는 마음 자체가 편견이기 때문이다. 그래서 난 자연스럽게 우리 아이들을 소개한다. 큰아이, 작은아이, 우리 막내 은지 공주라고.

"터울이 많네요?"

문제는 여기서부터다. 두 아이와 은지의 나이 차이 때문에 사람들은 우리 가족의 사연을 궁금해하면서도 고개를 갸웃거린다. 이야기를 털어놓으면 그다음부터는 우리 가족을 바라보는 시선이 어딘가 달라진다.

은지랑 살갑게 놀면 가식이라고 하고, 무심히 대하면 자기 자식 아니라서 저러는가 한다. 옷을 예쁘게 입히면 남들 눈을 너무 의식하는 것 아니냐고 하고, 헝클어진 채로 조금만 놔두어도 신경 좀 써주지 그러냐고 한다. 그런 말을 감수하면서도 은지 이야기를 하는 이유는 이것이 지금 우리 모습이기 때문이다.


"은지는 엄마도 둘, 아빠도 둘이야. 그러니까 두 배로 행복했으면 좋겠어."

큰아이, 작은아이도 은지는 행복한 아이라고 한다. 더 많이 사랑받고 더 많이 경험하기 때문이다. 그래서일까? 은지는 갈수록 예뻐지고, 표현도 섬세해지고, 자연스럽게 사랑을 표현한다.

자식이 예쁘면 자랑하고 싶은 게 부모의 마음이다. 나도 그렇다. 가는 데마다 은지를 자랑하고 싶고, 만나는 사람마다 은지의 특별함에 대해 이야기하고 싶다. 건강하게 자라는 모습이 가슴 벅차고, 은지 때문에 빵빵 터진다.

혹자는 이렇게 말한다.

"자기가 낳지 않은 애를 어떻게 키워?"

"다시 친부모한테 돌려보내야 된다고?"

"그럼 왜 키우는 거야?"

난 여느 엄마들처럼 은지 얘기를 한 것뿐인데, 돌아오는 건 야릇한 궁금증과 애매한 시선이었다. 그런 시선을 마주할 때면 울컥울컥 후끈한 것이 목을 타고 넘어온다. 눈꺼풀이 자꾸 깜빡여지고 어금니에 꽉 힘이 들어간다.

왠지 거대한 벽 앞에 서 있는 것 같았다. 그때 배운 것이 겸손이었다. 겸손이란 '상대를 신뢰함으로써 나를 내보이는 것'이다. 처음 몇 년은 은지를 늦둥이로 소개했고, 그러다가 신뢰할 만한 상대를 만나면 위탁가족인 걸 밝혔다. 지금은 누가 물어보면 숨기지 않는다. 아직 위탁가족에 대해 몰라서 그러려니 생각하고 만다.

여전히 나는 정직한 사람도 아니고, 겸손한 사람도 아니다. 만나는 사람들을 모두 신뢰하지도 못한다. 나를 있는 그대로 내보이지도 못한다. 그런 내가 은지를 키우면서 조금씩 겸손을 연습하고 있다. 또 우리 아이들 때문에라도 겸손해지려고 애쓴다.

콩 심은 데 콩 나고 팥 심은 데 팥 난다고, 내가 평범하게 양육하면 아이들이 평범하게 자랄 테고, 내가 특별하게 양육하면 아이들이 특별하게 자랄 것이다. 내가 애써 겸손을 연습하는 것도 우리 아이들이 조금 더 특별한 아이들로 자라길 바라는 마음에서다.

나는 위탁부모가 된 동기나 위탁부모로 살면서 어려웠던 일, 보람을 느꼈던 일들을 굳이 포장하지 않고 담담히 이야기한다. 내가 겪어내는 삶 자체가 누군가에겐 응원이 되고, 또 누군가에겐 위로가 되기도 한다는 걸 몸소 배웠기 때문이다. 그렇게 조금씩 겸손해지려고 한다.

사람들이 위탁이나 입양을 특별하게 보지 않았으면 좋겠다. 내가 위탁엄마라고 이야기해도 괜찮고, 은지가 두 아이와 성이 달라도 이해해주는 사회가 되었으면 좋겠다. 엄마

둘, 아빠 둘인 아이도 있다. 그 아이는 두 배로 행복할 수 있지 않을까?

어쩌면 우리는 눈에 보이는 가족의 형태를 보느라 가족의 가치관과 문화, 성장을 보지 못하는지도 모른다. 보이는 걸 보느냐, 보이지 않는 걸 보느냐는 자신의 선택인데 말이다.

# 이별을 기다리는 가족입니다

제주가정위탁지원센터에서 전화가 왔다. 은지 친엄마가 은지를 보고 싶어 한다는 연락이었다. 그 순간 머릿속이 하얘졌다. 은지가 말도 제대로 하지 못하던 세 살 때 친부모를 한 번 만나고, 그 이후에 나만 따로 한 번 만난 이후로는 지난 2년 가까이 아무 연락이 없었다. 그래서 나도 내심 이렇게 연락이 끊어졌으면, 이렇게 아이를 포기해주었으면 하는 생각까지 하고 있었다.

그런데 아이가 보고 싶다는 연락이 온 것이다. 엄마가 자기 자식 보고 싶은 거야 당연한 일이었다. 하지만 감정적으로는 동의할 수가 없었다. 허탈함과 막막함이 가슴 곳곳에

혓바늘처럼 돋았다.

"어머니께 어려운 숙제를 드린 것 같아요…."

수화기 너머 위탁센터 담당자의 말이 끝까지 들리지 않았다. 뭐라 답해야 할 것 같긴 한데 머릿속이 복잡해서 도무지 입이 떨어지지 않았다. 한참이 지나서야 술주정처럼 앞뒤 없이 중얼거렸다.

"선생님, 저요, 솔직히, 은지 키우면서, 후회한 적이 있어요. 내가 왜 이런 어려움을 자처했을까. 차라리 입양이었다면, 이런 일은 없었을 텐데…. 선생님, 맞아요. 친엄마 입장에선 당연히 보고 싶겠죠. 충분히 이해해요. 그런데, 그런데요. 선뜻 대답을 못 하겠어요, 저도 시간이 좀… 필요해요…."

숨겨둔 감정이 왈칵 쏟아졌다. 사람의 정이라는 게 참 무섭다. 처음에는 가정위탁제도를 머리로 이해하고, 동의서에 서명도 했다. 위탁부모교육을 받으면서 이런 과정들을 분명히 받아들였다고 생각했는데, 은지와 가족이 되고 점점 정이 들면서 자꾸만 생각이 달라지고 있었다.


며칠 뒤 은지와 둘이 있게 되었을 때, 눈치를 보면서 친엄마 이야기를 조심스레 꺼냈다. 그러자 은지는 아주 덤덤하게, 간혹 눈을 동그랗게 뜨면서 내 말을 듣더니 되물었다.

"그럼, 그 엄마가 은지 보고 싶대요?"

"응… 보고 싶대. 엄마랑 같이 만나러 갈래?"

은지는 또 아무렇지 않게 대답했다.

"예! 좋아요."

활짝 웃는 은지 얼굴에 안타까운 마음이 들었다. 이게 입양이었다면, 차라리 입양이었다면 하고 바랐던 기억이 되살아났다. 은지를 키우면서 수백 번 생각했었다. 위탁을 하다가 입양을 하는 사례도 많다던데, 은지가 어른이 되는 모습을 꼭 보고 싶은데. 하지만 우린 가정위탁제도를 통해 만났다. 입양하려면 은지 친부모가 친권을 포기해야만 한다. 입양 절차는 친권 포기 후의 문제다. 아직 나에게는 고민할 수도 없는 단계의 문제였다.

친엄마를 언제 어디서 만날지 몇 번 더 통화를 해야 했다. 그때마다 나는 은지의 위탁부모라는 걸 확인받을 것이다. 은지와 헤어질 걸 알고 가족이 됐지만, 우리가 위탁가족이라는 사실이 여전히 낯설기만 하다.


"3주 뒤, 가정위탁센터에서 만나요."

위탁센터 담당자와 약속을 잡고, 달력을 봤다. 3주 뒤면 금방이다. 은지와 더 많은 이야기를 나누면서 준비해야 되는데 은지가 잘 받아들여 줄지, 난 어떤 마음을 가져야 할지 또 걱정이었다.

'그래, 난 위탁엄마야. 이건 어차피 겪어야 하는 일이야. 그렇다면 잘 겪어내야지.' 자꾸 나를 다독였다.

우린 또 성장통을 겪어야만 한다. 얼마나 성장하려고 이러는 걸까? 여기서 멈추면 안 되는 걸까? 앞으로 은지가 크면서 사정을 더 속속들이 알게 될 테고, 그 충격도 클 텐데…. 머릿속으로는 '미리 걱정하지 말자' 하면서도 은지에게 현실을 이야기해야 할 때면 나도 모르게 온갖 걱정이 마음속에 차오른다.


은지는 오늘도 나에게 "엄마" 하며 달려오고, 우리 언니, 오빠에 대해 시시콜콜한 자랑을 늘어놓는다.

"우리 언니가 아이스크림 사 줬어."

"우리 오빠는 영어 선생님이야!"

겉으로 보면 여느 가족과 다를 바 없는데, 우리는 위탁가족이기에 결정적인 순간에 관계가 드러난다. 그중에서도 법적인 보호자 역할이 필요할 경우 특히 그렇다.

은지가 아파서 수술해야 할 경우가 생기면, 나는 위탁부모라서 동의서에 사인을 할 수가 없다. 그때는 친부모의 동의를 기다려야 한다. 나는 위탁부모이기에 서류상 그저 동거인일 뿐이니까. 법적 보호자 역할을 할 수가 없다. 아이에게 통장을 만들어줄 수도 없고, 휴대폰을 개통하는 데도 몇 단계를 거쳐야 한다. 나는 은지의 보호자 역할에서 늘 제외되는 것이다. 이런 모호한 관계를 감수하고 사는 내 인생이 새삼 신비롭다.

누구라도 붙잡고 속상한 마음을 털어놓고 싶었던 날도 많았다. 엉엉 울면서 은지와 평생 가족으로 살 수 있지 않을까 상상해본 적도 있었다. 위탁가족들은 지금도 숨을 죽이고 이목을 살피면서 아이를 품는다. 분명 가족인데 가족이라고 인정해주지 않는 아이를, 내가 키우는 아이인데 내 아이라고 할 수 없는 아이를. 우리는 늘 이별을 준비하며 살아가는 위탁가족이다.

거짓말 같은 진실

햇볕이 쨍쨍한 토요일 오후. 일부러 맛집을 찾아서 은지가 좋아하는 돈가스를 먹고 기분 좋게 약속 장소로 갔다. 우린 보름 전부터 친엄마를 만나면 어떤 말을 할지, 뭐라고 부를지, 무슨 놀이를 할지 마치 재미있는 게임을 하듯 예행연습까지 했었다. 그런 은지를 보며 코끝이 찡해질 때마다 화장실을 들락거리면서 이날을 준비해왔다.

차에서 폴짝 뛰어내린 은지는 여전히 신나는 얼굴이었다. 작은 손을 맞잡고 위탁센터 계단을 쿵쿵 올라가는데 내 심장에서도 쿵쿵 소리가 났다. 은지는 여전히 까르르 웃고 있었다. 고개를 까딱이며 신나게 계단을 오르는 은지에게 조심스

131

럽게 물었다.

"은지야, 지금 누구 만나러 가는 거지?"

"은지 낳아준 엄마!"

씩씩하고 해맑은 은지 표정을 보면서 나는 맞잡은 손을 더 꼭 잡았다.


"안녕하세요?"

2년 만에 만난 은지 친엄마는 수줍은 듯 웃었다. 훌쩍 커버린 은지를 보더니 선물이라며 스티커 책을 쑥 내밀었다. 환한 얼굴로 선물을 받고 팔짝팔짝 뛰는 은지. 나를 쳐다보는 은지….

나도 눈을 맞추고, 고개를 끄덕이며 입꼬리를 올렸지만 점점 눈이 붉어져 더 바라볼 수가 없었다. 웬만한 일엔 떨지 않는 내가, 결혼식 날에도 김밥까지 다 챙겨 먹던 내가 유난히 긴장되고 떨리는 순간이었다.

함께 있던 위탁센터 선생님들이 자리를 안내해서 앉았다. 은지는 스티커 책을 펼쳐서 재빠르게 붙여나갔고, 친엄마는 옆에서 그 모습을 지긋이 바라봤다. 나는 그 둘을 번갈아 보며 표정을 살폈다.

은지와 친엄마만의 시간을 주는 게 좋을 것 같아서 센터 선생님들과 일어났다. '행여나 친엄마가 은지를 빨리 데려간다고 하면 어떡하지?', '친아빠에 대해 얘기하면 어떡하지?', '은지는 친엄마를 뭐라고 부를까?'

자리를 떠나 있는 내내 마음은 그곳에 끼어 있었다. 센터 선생님들이랑 가정위탁제도에 대해 이야기하고, 은지가 친엄마를 닮아서 그림을 잘 그리고, 기억력도 좋고, 인정받고 싶은 욕구도 강하다는 수다를 떨면서도 온 신경은 여전히 은지와 친엄마 사이에 앉아 있었다.


힐끔힐끔 시계를 보다가 다시 일어났다. '은지는 지금 뭐 하고 있을까?', '친엄마는 은지에게 뭐라고 했을까?', '또 만나자고 약속했을까?' 머릿속은 온갖 궁금증으로 가득했다. 나는 옅은 미소를 띠고 은지와 친엄마가 있는 곳으로 갔다.

둘 다 편안한 얼굴이었다. 은지는 스티커 붙이기에 열중하고 있었고, 친엄마는 옆에서 지켜보며 이따금씩 이야기를 건넸다. 스물다섯 살, 미래를 계획하고 열정적으로 준비하는 또래 청년들과는 분명 다른 모습이었다.

은지 친엄마는 요즘 현실적인 고민을 한다고 들었다. '은지랑 같이 살려면 빨리 돈을 모아야 하는데 어떻게 해야 하나', '오히려 위탁가정에서 계속 지내는 게 은지를 위해서도

나은 게 아닐까?' 하는 고민들을. 곱고 수수한 그녀의 고민은
가을밤처럼 깊고, 짙었다.

　집으로 돌아와서도 은지는 스티커 책만 만졌다. 공주 스티
커와 왕관 스티커를 붙였다 떼며 한참을 놀았다. 저녁이 돼
서 둘째 어진이가 돌아오자 은지는 스티커 책을 안고 뛰어나
가며 외쳤다.

　"언니! 이거 하얀 옷 입은 언니가 준 거야. 이거 봐!"

　내 귀를 의심했다. 은지는 친엄마를 만나서 스티커 책을
선물받았는데, 뜬금없이 '하얀 옷 입은 언니'라니? 은지의 끝
없는 자랑을 듣다가 어느 시점에 번뜩 깨달았다. 은지는 너
무나 젊은 친엄마를 보고 엄마라기보다는 언니라고 생각한
것이다.

　은지 입장에서는 우리 오빠, 우리 언니랑 비슷해 보였던
것이다. 분명히 낳아준 엄마를 만나러 갔는데, 거기서 만난
건 '하얀 옷 입은 언니'였다. 그 언니가 스티커 책을 줬고, 그
게 너무 신났던 하루였다.

　"은지야… 오늘 은지 낳아주신 엄마 만난다고 했잖아? 그
하얀 옷 입은 언니가… 은지 낳아주신 엄마야."

　은지는 곧바로 내게 쏘아붙였다.

"거짓말하지 마세요!"

이 현실이 은지에겐 거짓말 같은 일이겠지. 나도 이게 거짓말이었으면 좋겠다. "그래, 그래. 우리 은지가 이해하기엔 너무 어렵다. 그치?" 은지의 빵빵한 얼굴을 비비며 고개를 끄덕이는데, 자꾸만 목구멍이 후끈거렸다.

어
진
이
의

육
아
스
트
레
스

어진이가 저녁상을 차려놨다. 호박전, 김치전, 계란말이, 주먹밥을 해놓고 배시시 웃었다. 밥을 먹으려고 식탁 앞에 앉았는데 묘한 기분이 들었다. 대견하기도 하고, 미안하기도 하고, 찡하고 애처롭기도 했다.

"와, 그냥 먹기 너무 아깝다."

사진을 찍고 나서 어진이가 손수 만든 음식을 하나하나 음미하며 먹었다. 어진이의 예쁜 마음이 입안 가득 씹혔다. 어진이는 중고등학교 검정고시를 치르고, 혼자 수능까지 준비한 성실한 아이다.

그러면서도 어진이는 사골국물에 떡국도 끓이고, 딸기를

으깨 딸기 우유도 곧잘 만들어준다. 은지가 심심하다고 조르면 귀찮아하는 일 없이 동네 놀이터에 나가고, 집에 들어오는 길엔 아이스크림을 사 준다. 은지는 엄마, 아빠보다 언니를 더 따른다. 팔에 매달리고, 다리에 매달리고, 화장실에 앉아서도 언니만 부른다. 어진이는 은지 엉덩이를 닦아주고, 은지가 먹다가 만 밥까지 먹는다.

"아휴, 정말! 은지 없는 데서 저 혼자 하루만 살아봤으면 좋겠어요."

잘 지내는 줄 알았더니 며칠 전엔 어진이가 하소연을 했다. 어진이의 육아 스트레스였다.

미안한 마음에 같이 바닷가로 바람을 쐬러 나갔다. 차를 타고 가는 동안 은지랑 어떻게 지냈는지, 어진이 기분이 어땠는지를 물었다.

어진이는 은지가 끔찍이 예쁘지만 가끔은 떨어져 있고 싶다고 했다. 안 그래도 코로나 때문에 친구와 놀러 나가지도 못해서 답답한데, 집에서 은지하고만 지내는 게 때때로 갑갑하고 지친다고. 마치 은지 엄마가 된 기분이라고 했다. 내가 어진이 심정을 모를 리 없었다. 미안한 마음이 밀물처럼 밀려왔다.

육아라는 게 몸과 마음을 얼마나 지치게 하는지 누구보다 잘 알고 있었다. 아직 어린 어진이가 감당하기엔 너무 버거운 짐이었던 게 분명했다. 간혹 저녁을 차려주고, 청소를 해주는 것만도 대견하고 고마운 일인데.

바닷가에 도착한 어진이는 은지 손부터 잡았다. 그렇게 한참 걸어가는 뒷모습을 쳐다보는데 그 둘은 영락없는 '진짜 자매'였다. 어진이와 은지는 티격태격하면서도 서로를 정말 위하고 아끼고 있었다.

위탁가족이 되기 전엔 상상도 못 했다. 혈연이 아닌데 가족이 되어 산다는 건 영화나 소설에서나 볼 법한 일이었는데 그게 우리 가족의 이야기가 될 거라곤 정말 눈곱만큼도 생각하지 못했다.

나 역시 은지를 키우며 막막했던 적도 있었다. 가끔씩 한계를 느꼈고, 때때로 돌이키고 싶었다. '왜 내 마음을 몰라줄까', '내가 왜 이런 말까지 들어야 하나' 하면서 남 몰래 한숨을 쉰 적도 많았다.

그런데 은지를 보면 너무 예뻤다. 씻기고 입힐 때마다 쑥쑥 자라나는 게 얼마나 뿌듯한지. 나를 알아보고, 팔을 벌리고 뛰어오고, 코를 찡긋하며 웃을 땐 나도 따라 웃고 힘을 얻

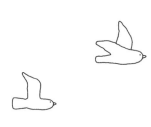

었다.

은지를 기르며 조급한 나, 무책임한 나, 이중적인 나를 발견했다. 가끔은 은지보다 더 어린 내가 성숙한 척, 한결같은 척 연기할 때도 있었다. 이제는 좀 더 솔직해져도 되지 않을까? 어진이랑 은지도 진짜 자매가 됐고, 나도 은지를 보면서 내가 낳은 것 같은 착각이 들 정도니까.

오늘도 보통과 다름없는 날이지만 분명한 한 가지는, 나도 자라고 있다는 것이다. 티격태격 좌충우돌이지만 잘 버티기만 해도 우린 성장한다는 것이다. 어진이도 언젠간 알게 되겠지. 지금 이 순간에도 성장하고 있다는 걸.

어진이에게 고맙다고 말하고 싶다. 내가 더 신경 쓰겠다고. 더 자주 바닷가로 나가자고. 그리고 알게 모르게 쌓였을 스트레스를 날려버리자고. 이렇게 매일을 살다 보면 어느새 멋진 어른이 되어 있을 거라고.

# 언니가 세상에서 제일 좋아

수능이 끝났다. 둘째 어진이의 외로운 수능이 끝났다. 중학교 2학년 때 학교 밖으로 나와서, 혼자 꿋꿋이 공부한 아이. EBS를 보면서 밤늦게까지 독서실에 있던 아이다. 동생 은지가 생기면서 언니에 엄마 역할까지 했던 어진이가 드디어 수능을 치렀다.

은지는 수능 전날에도 어진이 방문을 두드리며 졸랐다.

"언니, 나랑 '우노' 하자."

"은지야, 잠깐만. 언니 가방 챙기고. 중요한 거야."

은지는 조금 기다리는가 싶더니 또 재촉했다. 결국 어진이는 은지랑 마주 앉아 카드 게임을 했다. 요즘 카드 게임에 푹 빠진 은지다. 승부욕도 대단해서 꼭 이겨야 하고, 게임에서 지면 한참을 시무룩하게 앉아 있거나 울어버린다.

수능 전날이라 나도 어진이가 신경 쓰였다. 조금이라도 편하게 있다가 푹 자야 내일 일찍 일어날 테고, 컨디션도 좋을 테니까. 그런데 어진이는 은지랑 카드 게임을 하고, 저녁을 먹고 설거지까지 나서서 했다.

"어진아, 그냥 둬. 엄마가 할게."

"아니에요, 제가 할게요. 할 것도 없는데요, 뭐."

달그락거리며 설거지하는 어진이의 뒷모습이 기특하기도 하고 짠하기도 했다. 그 작디작던 아기가 어느새 저렇게 커서 은지를 돌봐주고, 수능을 보고, 곧 성인이 된다니.

어진이가 잠깐 독서실에 갔다 오겠다고 해서 나도 산책할 겸 은지와 같이 나섰다. 은지는 얼른 어진이 손을 붙잡았고, 고개를 까딱거리며 콧노래를 불렀다.

"은지야, 내일 언니 시험 봐. 은지 잠잘 때 나갈 거야. 갔다 와서 많이 놀아 줄게!"

자기 전에 어진이가 은지 옆에 누워서 말했다. 볼록한 뺨을 비비고, 뽀뽀를 하고, 은지를 토닥여줬다. 은지를 재우려고 이불을 끌어다 덮어주고 은지 머리칼을 쓸어주며 그 옆을

지켰다.

제 몫을 먼저 챙기기보다는 주위를 더 신경 쓰는 어진이를 보면서 자꾸만 예전의 내 모습이 겹쳐 보였다. 그래서 더 짠한 마음이 드는 것 같았다.

수능 날 아침엔 나도 일찍 일어나서 덤덤하게 도시락을 준비했다. 따끈한 찰밥과 불고기, 된장국을 도시락통에 담고, 너무 특별한 말은 부담이 될 것 같아서 도시락을 건네주며 "파이팅!" 하고 웃었다. 그러자 어진이도 입꼬리를 한껏 올리며 따라 웃었다. 말하지 않아도 내 마음을 다 안다는 듯이.

아이가 시험을 치르는 동안, 나는 학교에 출근했다. 중간중간 시계를 계속 쳐다보면서 '지금은 영어 시간이네', '지금은 쉬는 시간이네' 하며 시험장에 앉아 있을 어진이를 생각했다. 내가 뭔가를 해주고 싶어도, 해줄 수 있는 게 없었다. 오롯이 혼자 이겨내야 하는 싸움이었다.

시험을 마치고 집으로 돌아온 어진이는 은지부터 불렀다.

"은지야!"

"언니! 우리 '우노' 하자!"

어진이는 가방을 휙 던져놓고 은지랑 거실에 앉아 카드 게임을 시작했다. 그러면서 나를 보고 한마디 툭 던졌다. "엄마, 생각보다 저를 응원해주는 분들이 많았어요. 정말 감사했어요."

여기저기서 어진이에게 응원의 메시지를 보내준 것이다. 초콜릿, 아이스크림케이크, 용돈으로 격려한 분도 있었다. 혼자 독서실에 앉아 긴긴 시간을 보낸 어진이는 그렇게 많은 응원이 낯설면서도 고마웠던 모양이다.

이제 곧 친구들의 진학 소식이 들리겠지. 누구는 어느 대학에 합격했다, 누구는 장학생으로 입학했다 하면서…. 부디 어진이의 마음이 흔들리지 않기를 바란다. 어차피 인생은 대학 입학으로 끝나는 게 아니니까. 변화무쌍한 제주의 날씨 같은 거니까.


나는 어진이와 마주 앉아 제주도에 살면서 제주에 있는 대학교에 다니는 게 얼마나 이점이 많은지, 누릴 수 있는 혜택은 무엇인지 손꼽아가며 수다를 떨었다. 국립대의 장점, 장학 제도, 집에서 통학할 수 있다는 것….

어진이는 사회학과에 수시 원서를 넣었다. 위탁가족의 경험을 살려 아동이나 청소년 대상의 사회복지 관련 일을 해보고 싶다고 한다. 진로를 결정하는 데도 은지의 영향이 컸다.

"엄마, 나중에 아이를 입양하는 것도 괜찮을 것 같아요. 위탁도 좋고요."

그래, 그것도 멋진 인생이지. 어진이는 위탁가족의 장단점을 이미 알고 있고, 어떤 마음으로 다가가야 하는지도 아니까. 누구보다 잘할 거라 믿는다.

나는 어진이가 정말 하고 싶은 공부를 하고, 그것에 매진하길 간절히 바란다. 아프고, 흔들려도, 인생은 그렇게 전진하는 것이란 걸 알았으면 좋겠다. 어진이의 보석 같은 인생을 축복하며. 모든 수험생에게 박수를 보낸다.

3장

# 사랑이란 빵처럼 매일 구워지는 것

좋은 책을 독자 앞으로
# 그래제본소

## 후원자님들 감사합니다

| | | | | |
|---|---|---|---|---|
| 강나리 | 강혜미 | 고종철 | 굿네이버스 제주지부 | 권기현 |
| 김경희 | 김도영 | 김리나 | 김선영 | 김선화 |
| 김소현 | 김연희 | 김유숙 | 김윤향 | 김은이 |
| 김은진 | 김은철 | 김정대 | 김지연 | 김지은 |
| 김현아 | 김현정 | 김현희 | 김혜민 | 김혜진 |
| 류가경 | 문현주 | 문혜순 | 민아민서수현맘 | 박수진 |
| 박아민 | 박재현 | 박정미 | 박주희 | 박하나 |
| 박혜진 | 배대민 | 배지우 | 백명기 | 변아란 |
| 부유미 | 서주원 | 송병준 | 송아름 | 송원임 |
| 송창헌 | 송한별 | 안영미 | 안재원 | 양창근 |
| 오정자 | 오지선 | 오진하 | 유선미 | 윤지혜 |
| 이근영 | 이민우 | 이수진 | 이신우 | 이주희 |
| 이혜영 | 이혜진 | 이효정 | 임현경 | 장두희 |
| 장미화 | 장용운 | 장원진 | 장은빈 | 정광례 |
| 정예슬 | 정유진 | 정인선 | 정진주 | 정하림 |
| 정하빈 | 제주시청소년상담복지센터 | 조문선 | 조성현 | 조현진 |
| 좌경민 | 최계정 | 최정애 | 최철훈 | 한용 |
| 홍지영 | 황도윤 | 황미영 | Findme | |

이 책은 예스24 그래제본소를 통해 위 독자의 후원을 받아 제작되었습니다.
펀딩에 참여해주신 모든 분께 깊이 감사드립니다.

# 넌 어떤 꽃을 피울까

우리 집 아이들은 개성이 뚜렷하다. 첫째 휘성이는 내향적인 성격이라 골똘히 생각하고, 관심 있는 한 가지를 깊이 탐구한다. 여러 친구를 두루두루 사귀기보다는 마음이 맞는 몇몇 친구를 사귀는 걸 좋아한다.

둘째 어진이는 외향적이다. 집에 있는 것보다 밖에 나가는 걸 좋아하고 여러 사람과도 쉽게 잘 어울린다. 엄마처럼 혼자 글 쓰는 일은 외로워서 못 할 것 같다며, 작가라는 직업은 아예 생각도 안 하겠다는 아이다.

막내 은지는 수줍음이 많다. 처음 가는 곳, 처음 보는 사람에겐 낯을 많이 가린다. 그림을 그리고, 책을 읽고, 작은 손으로 조물조물 만드는 걸 좋아한다. 은지를 키우면서 육아에 대한 생각도 많이 유연해졌다. 그전엔 아주 엄한 엄마였다.

"똑바로 앉아야지!"

"준비물은 미리 챙겨놓고."

"다시 확인했어?"

열정만 앞섰던 초보 엄마 시절엔 잔소리를 해서라도 아이를 가르쳐야 한다고 생각했다. 내가 원하는 아이로 자라길 바랐고 내가 원하는 열매를 맺길 바랐다. 어쩌면 그것들은 내 열등감이었는지도 모른다.

20여 년이 지난 지금, 아이는 '씨앗'이라는 것을 안다. 가능성을 품고 태어난 '온전한 씨앗' 말이다. 두 아이를 키울 때 알았더라면 좀 달랐을 텐데…. 지금도 그 부분이 아쉽다. 그땐 내 욕심이 앞서서 아이들을 세세히 관찰하지 못했다.

첫째 아이가 초등학교 3학년 때였다. 시험 날 며칠 전부터 교과서를 소리 내서 읽게 했다. 허리를 꼿꼿이 세우고 앉아서 또박또박 큰 소리로 여러 번 읽게 했다. 시험 범위를 다 읽으면, 그 횟수만큼 동그라미에 색칠을 하라고 했다.

지금 생각하면 서로 힘 빠지는 일이었다. 아이를 관찰하고 아이에게 맞는 학습법을 찾아야 하는데, 내 입장에서 내 방

식대로만 가르친 것이다. 씨앗을 관찰하지는 않고 손에 움켜
쥐고, 비비고, 쪼개고, 갈아버렸다.

최숙희 작가의 그림책『너는 어떤 씨앗이니?』는 그런 관
점을 잘 보여준다. 작은 바람에 흩날리던 홀씨가 노란 민들
레꽃을 피우고, 쪼글쪼글 못생긴 씨앗이 수수꽃다리를 피우
고, 꽁꽁 웅크린 씨앗이 모란을 피운다. 그리고 마지막 장에
서 묻는다.

"너는 어떤 꽃을 피울래?"

내 배 속에 작은 씨앗으로 심겨진 아이들. 열 달 동안 무럭
무럭 자라서 세상에 살아 있는 씨앗으로 태어난 아이들. 그
아이들을 각각의 씨앗으로 바라볼 수만 있어도 세상은 달라
질 것이다.

아이들은 꽃을 피울 씨앗이다. 커다랗고 눈에 띄는 꽃이
아니면 어떤가? 아름답지 않은 꽃이 없는데…. 어떤 씨앗인
지, 어디에 심어야 하는지, 잘 관찰하고 심고 가꾸면 결국 자
기만의 꽃을 피울 것이다. 이걸 깨달은 부모는 한 발짝 뒤로
물러서서 지켜보는 여유도 부릴 수 있다.

물을 주고, 병충해를 막아주면서 아이를 지켜본다면 아이
도 행복할 것이다. 더 빨리 자신의 색깔을 찾을 것이다. 뒤늦
게 깨달은 것이 내내 미안하지만 나에겐 은지라는 또 하나의

씨앗이 있다. 얼마나 다행인지 모른다.

이제 은지와 가족이 된 지 6년째, 위탁가족이라는 말이 무색할 만큼 진짜 가족이 되었다. 나머지 식구들은 모두 문과 성향인데 은지는 이과 성향을 보인다. 움직이는 장난감을 분해하고, 다시 맞추는 걸 좋아한다. 수학 문제집이 재미있다고 잠도 안 자고 더하기 빼기 문제를 푼다.

간혹 은지를 보면서 '어떤 꽃을 피울까?' 즐거운 상상을 한다. 먼 훗날 은지다운 꽃을 피웠을 때 그 향기는 어떨까? 내가 잘 품을수록 건강하게 자라고, 아름다운 꽃을 피우겠지? 살랑살랑 흔들리며 은지만의 향기를 전하겠지? 어디선가 향긋한 꽃내음이 나는 것 같다.

"은지야 넌 어떤 꽃을 피울래?"

바라는 대로 | 이루어진다

중앙일보 칼럼란에 '색다른 동거'를 연재하면서, 생각지도 못한 악플을 받기도 했다. 하루는 그런 말에 심하게 상처받은 날이었다.

'입양이나 하고 말하시지.'

'책 쓸 소재 찾느라 위탁부모 했군.'

가정위탁제도에 대해 잘 모르는 사람들이 쓴 말이지만, 나는 그 말의 저의가 무엇인지 생각의 숲을 이리저리 찾아 헤맸다. 나무 뒤에서, 우거진 수풀에서 마주한 건 겹겹의 가면을 쓴 이기심이었다. 사람이 이런 건가, 인간관계가 이런 건가 하는 회의를 느끼기도 했다. 그러다가 찾은 것이 '나'였다. 더 겹겹이, 더 꼭꼭 숨은 자아였다.

의사이자 작가인 디팩 초프라는 저서 『바라는 대로 이루어진다』에서 이렇게 말했다. "타인 속에서 자신의 모습을 볼 수 있다는 것을 깨달을 때, 모든 관계는 의식의 진화를 위한 수단이 된다."

'제 자식도 아니면서….'

'돈 벌려고 하는 거 아니야?'

댓글 속에서 내 모습을 발견하기까지 며칠이 걸렸다. 보고 싶지 않아서, 모르는 사람의 한마디에 내 민낯을 들키는 것도 아닌데 괜히 그런 것 같아서 화가 나기도 했다. 쓰는 사람도, 읽는 사람도 결국엔 자기를 찾는 과정이라는 걸, 또 잊고 있었다.

그러고 보면, '좋은 일'도 결국엔 자아를 찾아가는 과정이 아닐까? 돌쟁이 은지를 키우면서 수없이 밤잠을 설치고, 살을 비비고, 내 지갑을 연 것은 내게 완벽한 이타심이 있어서가 아니라 나를 찾고 싶은 욕심이 더 강해서가 아닐까?

이제서야 나는 댓글에 일희일비하지 않겠다고 다짐해본다. 그건 결국 내 모습이고, 내가 받아들이는 만큼 성장할 수 있는 거니까. 아프고 매서운 댓글에 나를 비춰보며 조금 더 다듬어보겠다고 생각하니 마음이 편안해졌다.

'좋은 일'이 별건가? 열심히 일하는 것도 '좋은 일'이고, 꼬박꼬박 세금을 내는 것도 '좋은 일'이다. 열심히 공부하는 것도, 보글보글 찌개를 끓이는 것도 모두 '좋은 일' 아닌가?

결국 좋은 일은, 나를 찾는 일이자 내 자리를 지키는 일이다. 나는 위탁엄마로서의 자리를 지키며 '좋은 일'에 동참하는 것뿐이다.

하지만 부정할 수 없는 사실이 있다. 나는 욕심이 많은 사람이다. 그건 글을 쓸 때 가장 잘 드러난다. 누구의 방해도 받지 않는 공간에서 한 글자씩 마음속 생각을 활자로 찍어내는 내 모습은 욕심과 질투, 체면과 조바심으로 가득하다. 거기엔 좋은 일을 하는 나도 없고, 완벽한 이타심의 나도 없다. 그저 활자 앞에 벌거벗은 한 사람일 뿐이다.

의식이 흘러가는 대로 손가락을 두드렸다가, 재빨리 백스페이스 키나 딜리트 키로 내 모습을 지운다. 조금은 달라 보이고 싶은 욕심, 조금은 이타적으로 보이고 싶은 욕심이 나도 모르게 마음을 앞선다. 좋은 일 한다고 칭찬받는 내 모습은 어쩌면 나의 가면, 즉 페르소나일지 모른다.

원고를 쓰는 이 시간만큼이라도 가면을 벗어놓자. 어릴 적숨바꼭질 놀이처럼 내 안에 숨겨둔 것들을 찾아보자. 조금씩 벗겨내면 나 또한 자유로워질 것이다. 선과 악, 신중함과 충동성, 친절함과 야만의 가면들을 벗는다면.

그리고 내가 가면 속 진짜 나를 마주하고 글을 쓴다면, 진심을 왜곡하지 않고 들어줄 독자들을 만날 수 있을지도 모른다. 자유로운 나와, 반짝이는 은지의 진짜 모습을 받아들일 준비가 된 독자들을. 나는 그 순간을 상상하며 오늘도 글을 써 내려간다.

일곱 살이 된 은지는 3월을 손꼽아 기다렸다. 목련이 피는 3월이면 병설 유치원에 갈 생각에 한껏 들떴다. 간혹 학교 앞을 지날 때면 "엄마, 저기가 은지 유치원이죠?" 하고 반가워했다. 유치원에 가면 친구들도 만나고, 재미있는 놀이도 할 거라고 잔뜩 기대했다.

일곱 살 은지는 글씨도 또박또박 쓰고, 그림도 더 자세하게 그린다. 옷도 스스로 입고, 벽에 붙여놓은 숫자도 1부터 100까지 손으로 짚어가며 큰 소리로 읽는다. 참 많이 컸다.

매일 보는데도 그 성장이 눈에 띌 정도다. 기특해서 박수를 마구 쳐주면 은지는 으쓱해하며 더 큰 소리로 읽는다. 그

158

모습에 나도 덩달아 웃는다. 클수록 의사 표현도 정확한 은지다. 싫은 건 끝까지 싫고, 좋은 건 한 번에 OK다.

집에서는 나를 어떻게든 도와주려고 한다. 내가 빨랫감을 개고 있으면 옆에 와서 수건을 같이 접는다. 차곡차곡 접은 수건을 조심조심 들고, 화장실 앞에 가지런히 놓아주기까지 한다.

"와! 이거 은지가 했어? 대단한데? 박수!"

물개처럼 박수를 치고, 은지를 와락 끌어안았다. 은지도 뿌듯한 표정으로 까르르 웃었다. 표정이 밝아서 더 예쁜 은지다. 자신감도 넘치고, 야무지기까지 하다. 은지는 갈수록 성장하고 있다.


『오래된 미래』에서 라다크 사람들은 생일을 축하하지 않고, 성장을 축하한다고 했다. 1년에 한 번씩 저절로 찾아오는 생일보다는, 조금 더 성장한 걸 축하해준다는 말이다.

나도 은지의 성장을 볼 때마다 축하해주려고 한다. 박수를 쳐주기도 하고, 뽀뽀를 해주기도 하고, 은지가 좋아하는 아이스크림을 같이 먹거나, 놀이터에 나가 신나게 뛰어놀기도 한다. 변변찮은 축하에도 은지는 매번 활짝 웃어준다.

그리고 나도 '성장'을 위해 공부를 한다. 한 살이라도 젊을 때 해보자는 마음으로 대학원 공부를 시작했는데 만만치가 않다. 지도교수님은 첫 미팅 때 질적연구를 권유했다. 무지한 내가 과연 할 수 있을지 지금도 고민하는 부분이다.

그 자리에선 알 것 같아서 고개를 끄덕였는데, 집으로 돌아오면 머릿속이 하얘진다. '그냥 특수과제나 할까? 뭔 논문이야?' 하다가, 우리 아이들이 나의 성장을 지켜보고 있다고 생각하니 쉽게 포기할 수가 없다.

'그래, 최선을 다해보자' 각오했다가, '포기할까?' 고민하기를 반복하고 있다. 누구를 위한 것도 아니고 나의 성장을 위한 거니까. 내 모습을 우리 아이들이 지켜보고 있을 테니까. 아이들은 부모의 뒷모습을 보면서 큰다고 하지 않았나.


마음을 다잡고 다시 책을 펼쳤다. 조금 읽으려고 하면 은지가 옆에서 카드 게임을 하자고 하고, 똥 마렵다고 하고, 양치한다고 하고, 같이 놀자고 한다. 은지의 주문은 끝이 없다. 나는 다 들어주지 못한다. 집안일도 해야 하고, 읽어야 할 책도 많다. 은지는 내 상황을 파악했는지, 요즘은 내가 책을 읽거나 원고를 쓰고 있으면 옆에 와서 그림책을 펼친다.

몇 권의 그림책을 세워서 굴뚝처럼 만들었다가, 일렬로 늘어놨다가, 다시 흩어놓는다. 그러다 책 속의 주인공을 따라 그리고, 제목을 따라 쓰고, 책을 읽는다. 이젠 어려운 글씨도 거의 읽는 수준이 됐다.

"엄마, 팥죽할멈과 호랑이 읽어줄까요?"

은지는 호랑이처럼, 할머니처럼, 그때그때 목소리를 바꿔가며 나에게 책을 읽어준다. 그런 은지를 보며 기도한다. 건강하고, 반듯하게, 이렇게만 자라줬으면. 감사를 아는 아이로 자라줬으면.


한 생명을 키우는 데는 비밀의 법칙이 있다. 부모가 제 시간과 노력, 돈과 에너지를 쏟아부어 생명을 키우는 동안 오히려 부모가 성장한다는 것이다. 학교에서도 학원에서도 가르쳐주지 않는 '성장' 말이다. 이건 해본 사람만 아는 비밀 중의 비밀이다.

시간은 참 빠르게 흐른다. 은지가 손꼽아 기다리는 3월도 머지않았다. 은지는 병설 유치원에, 어진이는 대학에 가겠지. 나도 새 학기를 맞아 더 바빠지겠지.

모두 새로운 환경에서 한 뼘씩 성장하길. 그렇게 성장하며 감사할 수 있길.

# 행복을 나누는 사람들

제주엔 나와 같은 위탁가정이 20여 가정 정도 있다. 우리는 3개월에 한 번씩 모여 밥도 먹고, 그동안 지냈던 이야기도 나누고, 아이들은 아이들끼리 서로 어울려 노는 자조모임을 갖는다.

"주희는 내년에 학교에 가는구나? 수연이는 볼 때마다 예뻐지네?"

이심전심이라고 우리끼리 모이면 마음의 빗장이 풀린 것처럼 별별 이야기를 다 한다. 행여 남에게 오해를 살까 봐 꿀꺽 삼켰던 말까지 편한 마음으로 다 털어놓는다. 그렇게 한참 수다를 떨고 나면 속이 후련해진다.

갓난아기를 4년간 맡아 키우다가 다시 친부모에게 돌려보 낸 위탁엄마, 6개월 된 아기를 키우기 시작한 지 7년이 흘러 어느새 곧 초등학생 학부모가 되는 위탁엄마. 직장을 다니면 서 갓난쟁이를 키웠는데 그 아기가 사춘기에 접어들었다고 껄껄 웃는 위탁엄마…. 이분들의 속내를 듣다 보면 내 고민 은 점점 작아진다.

우리 자조모임의 이름은 '행복 나누미'다. 우리는 아이를 키우면서 고민도 하고 갈등도 하지만 그보다 더 큰 행복이 있기에 오늘도 위탁엄마로서의 행복에 삶의 초점을 맞추고 그 행복을 나누며 산다. 때론 '위탁엄마'라는 호칭조차 입 밖 으로 낼 수 없어서, 그저 웃음으로 무마하지만. 우리 주변엔 생각보다 위탁엄마가 많다는 걸 내가 위탁엄마가 되어서야 알았다.

처음에는 내가 할 수 있을지 두렵고 떨렸다. 하지만 누군 가 해야 한다면, 꼭 누군가 해야 한다면, 그래도 아이를 건강 하게 키워낸 엄마들이 나서야 된다고 생각했다. 완벽한 엄마 는 아니지만 실수를 돌아보고 노력하는 엄마라면 충분히 할 수 있다고 스스로를 격려했다.

나는 지금도 고민하고 갈등하는 엄마다. 가끔은 아픈 말

한마디가 가슴에 꽂혀 곪기도 하고, 괜찮은 척 태연하게 연기도 하고, 그러다가 은지가 "엄마!" 하고 두 팔 벌리고 뛰어오면, 그 사랑에 녹아 또 하루를 사는 평범한 엄마다.

먼 훗날 은지가 친부모에게 돌아가더라도 나는 영원히 은지의 두 번째 엄마로 살 거다. '아이 하나를 키우는 데 온 마을이 필요하다'는 말처럼 은지에겐 더 많은 사람들의 관심과 사랑이 필요하다.

오늘도 잠든 은지를 바라보며 나지막하게 속삭인다.

"은지야! 은지는 엄마도 둘, 아빠도 둘이니까 두 배로 행복했으면 좋겠어. 사랑해."

초등학교에서 방과후수업을 할 때였다. 아이들에게 놀이처럼 재미있게 책을 소개하려고 주제에 맞는 게임과 만들기를 병행했다. 아이들의 반응이 좋았고 나도 매시간 신나게 준비했다.

"선생님, 다음 주엔 무슨 책 읽을 거예요?"

"어머나, 물어봐줘서 고마워. 다음 주엔….”

아이들은 함께 읽을 책을 예습하고, 지난 시간에 읽은 책을 복습까지 해왔다. 초성 퀴즈로 시작하는 수업에서 하나라도 더 맞히려고 작은 종이에 책 제목을 써 오는 아이도 있었다. 미디어에 익숙한 아이들이 책을 읽고 메모하는 모습을 보면서 감동과 함께 묵직한 책임감을 느꼈다.

　다음 수업을 막 시작할 때였다. 키가 작고 목소리가 또랑
또랑한 여자아이가 다가왔다. "선생님, 지난주는 『장수탕 선
녀님』이었죠? 빨리 퀴즈 내주세요. 빨리요!" 한껏 들뜬 아이
의 손에는 책놀이 월간 계획안이 들려 있었다.

　아이들의 변화는 계절보다 빨랐다. 학기 초엔 시큰둥하던
아이들도 한두 달이 지나면 활기를 띠었다. 여름방학이 시작
될 즈음엔 서로 이야기하겠다고 손을 드는 탓에 수업 시간을
훌쩍 넘긴 적도 있다.

　책의 힘이었다. 책은 아이들의 마음을 살살 흔들어줬고 생
각의 옆구리를 콕콕 찔러줬다. 나는 그림책을 읽어주고 슬쩍
슬쩍 질문만 던졌는데 아이들은 자기 이야기로 수업을 꽉 채
워줬다.


　아이들과 함께 읽었던 책 중에 『입양아 야콥』이라는 책이
있다. 두 살 때 입양된 야콥이 자신의 정체성을 찾아가는 내
용이었다. 입양과 가정위탁 이야기를 하고 싶어서 일부러 선
정했는데 역시나 아이들은 재잘재잘 생각의 물꼬를 쉽게 터
뜨려주었다.

　"야콥은 새로운 부모님을 만나서 행복할 것 같아요."

"야콥이 친엄마를 만나러 갔는데, 친엄마가 안 나타나서 속상했을 것 같아요. 친엄마는 언제 만날까요?"

"야콥이랑 키즈카페에 가서 놀고 싶어요."

아이들은 그림책 속에 푹 빠져서 이야기했다. 야콥과 손을 맞잡은 듯 따뜻한 체온을 건네며 친구가 됐다. 대부분의 아이들은 TV에서 입양가족을 본 적이 있다고 했다. 그러면서 위탁가족에 대해 물었더니 처음 들어본다고 했다.

"위탁가족요? 몰라요!"

아이들에게 위탁가족을 설명하면서 우리 집 이야기를 들려주었다. 입양아 야콥처럼 새로운 가족으로 함께 사는 동안에는 다른 가족과 똑같다고. 아이들은 그림책의 한 장면을 읽듯 맑은 눈으로 들어주었다.


위탁가족으로 살면서 가장 답답한 점도 가정위탁제도 자체가 낯설어서 설명하기 어렵다는 것이다. 매번 제도부터 설명해야 하는데 항상 첫 단계에서 지쳐버렸다. '그런 제도가 있다고? 어떻게 남의 아이를 키우지? 어떻게 키워서 돌려보내지? 돈을 많이 받겠지?'

편견이 말을 걸고, 편견이 위아래로 훑어보고, 편견이 곁눈질했다. 나는 편견을 무시하고, 편견을 차버리고, 편견을 수신 거부했다. '공정하지 못하고 한쪽으로 치우친 생각'은 편견이니까.

하지만 편견은 내 안에 있었다. 나도 별 수 없는 사람이었다. 위탁가족을 다르게 보는 사람들을 편견으로 바라봤고 위탁가족을 이해하지 못하는 사람들을 멀리했다.

그러니 내가 다른 사람들한테 뭐라고 할 처지는 못 되었다. 편견은 누구에게나 있는 것이고, 그걸 인식하고 함께 바꿔나가면 되는 것이다.

가정위탁제도 자체가 낯설기에 편견을 더 단단하게 만든 것 같다. 아이들과는 너무나 다른 어른들의 반응에 숨이 턱턱 막힐 때마다 '아이들은 그냥 들어줬는데', '아이들은 있는 그대로 받아들여 줬는데' 하면서 아이들의 어른스러움을 그리워했다.


책놀이 수업은 은지를 키우면서 서서히 줄여나가다가 요즘은 쉬고 있다. 육아와 일을 다 해낼 수가 없었다. 지금도 책꽂이 한편에 얌전히 꽂혀 있는 수업 자료를 보면 그때 만났던 아이들이 떠오른다.

서로 이야기하겠다고 펄쩍펄쩍 뛰던 아이들, 작은 선물에도 감동하던 아이들…. 그 아이들이 내 스승이었다. 아이들

의 어른스러움과 어른들의 편견을 마주하던 그때, 위탁가족의 이야기를 꼭 써야겠다고 다짐했다.

책꽂이 한편에 꼿꼿하게 서서 우리의 진심을 이야기하고 싶었다. 책 속에서 만나면 편견 없이 들어줄 것 같았다. 맑은 눈으로 행간을 읽어줄 것 같았다. 이 시간, 이 공간에서. 우리의 이야기가 있는 그대로 전달되길 바란다.

은지는 토요일을 기다린다. 토요일은 은지가 좋아하는 딸기 빙수를 먹고, 바닷가 앞에 있는 놀이터에 가고, 은지가 좋아하는 예쁜 옷을 사기도 하는 날이다. 지금은 코로나 때문에 잘 다니지 못하지만 그전엔 토요일마다 은지와 제주 구석구석을 돌아다니며 놀았다.

실컷 놀다가 저녁때가 돼서 집으로 돌아가려고 하면 은지는 간절한 눈빛으로 꼭 한 군데만 들렀다 가자고 조른다. 동네 장난감 마트다.

"엄마, 한 번만 보고 가요! 예?"

그 눈빛이 너무 간절해서 고개를 끄덕인다. 은지랑 장난감 마트에 가면 입구에서부터 은지가 앞장선다. 새로운 장난감이 뭐가 있나 살펴보고, 체험 부스에서 체험하고, 그걸 일일이 설명해준다. 그런 은지를 보고 있으면 나도 모르게 빙긋이 따라 웃게 된다.

언제 이렇게 커서 자기 생각을 말하는 건지, 얼마나 많은 생각이 머릿속에 있기에 끝도 없이 재잘거리는 건지. 매일 보는데도 매일 새롭다. 신기하고 기특하다.

그렇게 장난감 마트에서 한참 구경을 하고 집으로 가자고 하면, 은지는 또 아쉬워한다. '조금 밖에 못 놀았다'고 세상에서 제일 슬픈 표정을 짓는다. 많이 논 것 같은데 은지에겐 늘 부족하다. 놀기 위해 태어난 아이처럼, 은지는 넘치는 에너지를 다 쏟아부어서 놀려고 한다.


은지 모습을 보다 보면 예전에 첫째, 둘째 아이를 키웠던 게 떠오른다. 만약 그때 같았으면 '이제 시간이 됐으니까 집에 가야 한다'고 혼냈을 거다. 그래도 고집을 부리면 아이 등짝을 찰싹 때렸을지 모른다.

그때는 열정만 가득한 엄마였다. 아이들의 욕구보다는 내 틀에 맞춰 키우려고 했었다. 잘 키우고 싶은 마음은 있었는데 어떻게 해야 할지를 몰랐다. 그런 엄마 밑에서 두 아이가 많이 힘들었을 거다.

시간이 흘러 나도 나이를 먹었는지 은지를 키우는 지금은 좀 느긋해졌다. 아이의 욕구를 먼저 살피고 거기에 맞춘다. '그래 더 놀아라. 집에는 좀 늦게 가도 되지' 하는 식이다. 둘째 어진이는 이런 모습이 할머니 같다며, 깐깐했던 우리 엄마는 어디 갔느냐고 묻는다.

그러고 보니 은지를 키우면서 내가 바뀌었다. 해야 할 것과 하지 말아야 할 것을 사사건건 구분 짓고 그 틀에 맞춰 키우려고 했던 내 모습은 온데간데없고, 느긋한 할머니처럼 허용의 폭이 넓어졌다.

"아이고, 괜찮아. 그런 건 은지가 하고 싶다는 대로 해도 돼."

이젠 은지의 욕구가 먼저다. 가끔은 늦게까지 놀아도 괜찮다. 은지가 새로운 장난감을 체험하면서 알아가듯이 은지의 일상도 경험하면서 배우는 게 있을 테니까. 그게 은지에게 더 자극이 될 테니까.

지금은 더 놀고 싶어 하는 아이를 혼내면서 집으로 데리고 가지 않는다. 등짝을 찰싹 때리면서 위협하지도 않는다. 대신 '딱 10분만 더 놀고 가자. 긴 바늘이 6에 가면 그때 집으로 가자' 하면서 조율한다.

서로의 감정을 읽어줄 때 관계도 깊어진다. 나는 은지를 통해 그걸 배우는 중이다. 은지와의 관계가 그랬다. 내가 은지를, 은지가 나를 깊이 읽어줄 때 신뢰가 생겼고 사랑이 더해졌다.

처음 은지를 품에 안고 오면서 '사랑'으로 키우겠다고 다짐했었다. 하지만 그게 뭔지, 사실은 나도 몰랐다. 사랑이란게 눈에 보이는 것도 아니고, 손에 잡히는 것도 아니고, 그걸 가르치는 학교나 학원이 있는 것도 아니니까.

사랑으로 키우고 싶었지만 사랑이 뭔지 몰랐고, 내 안에도 사랑이 없었다. 그래서 더 막연했고, 그래서 더 흔들렸다. '더 좋은 위탁부모를 만날 수 있는데 내가 데려온 건 아닌가?', '이게 내 이기심의 발단이라면 어떻게 돌이켜야 할까?' 고민하는 시간이 길었다.

지금은 어렴풋이 짐작해본다. 사랑이란 은지가 자장면을 먹고 싶다고 할 때 같이 자장면을 먹는 것이라고. 사랑이란 은지가 장난감 이야기를 할 때 그래, 그래, 하고 잘 들어주는 것이라고.

은지의 입장에서, 은지의 상황에서, 은지를 먼저 살피는게 사랑일 거라고 짐작해본다. '사랑은 오래 참고, 사랑은 온유하며…' 성경 속 활자로만 찍힌 사랑이 아니라, 위탁가족으로 살면서 체득하는 이 유기적인 사랑이 우릴 변화시키고 있다.

사람을 변화시키는 건 결국 '사랑'이다. 열정만 앞섰던 내가 느긋해진 것도, 깐깐한 규칙을 고집하던 내가 너그러운 할머니처럼 바뀐 것도, 위탁가족으로 살면서 배운 사랑 때문이었다.

심하게 낯가리던 은지가 이제는 엘리베이터에서 만나는 어른들께 큰 소리로 인사하게 된 것도, 유치원에서 번쩍번쩍 손을 들고 발표하게 된 것도, 위탁가족 안에서 배운 사랑의 힘이라고 믿는다.

사랑, 그 막강함을 배우는 곳이 위탁가정이다.

# 아이를 비추는 거울

두 아이들이 홈스쿨링을 할 때였다. 평일 낮에 점심을 먹으러 아이들과 식당에라도 가면 "넌 왜 학교에 안 가니?", "오늘이 개교기념일이니?" 하고 묻는 사람들이 있었다. 처음엔 머뭇거리거나 멋쩍은 웃음으로 대충 넘겼는데 아이들이 내 반응을 살피고 있다는 걸 안 다음부터 내가 먼저 용기를 내기 시작했다.

"예, 학교 안 다녀요. 집에서 공부해요!"

학교를 안 다닌다고 말하는 순간 또 다른 시선이 비수처럼 꽂혔다. 무언가 문제 있는 아이, 사고 친 아이를 바라보는 시선이었다. 아이들보다도 나에게 그 시선이 따갑게 꽂히는 것 같았다. 생각보다 통증이 오래갔다. 차라리 말을 하지 말걸, 후회한 적도 많았다.

하지만 그때마다 마음을 다잡았다. 아이들이 엄마인 내 반응을 살피고 있으니까. 아이들만의 가장 민감한 촉수로 내 호흡과 억양, 표정과 눈짓을 모두 읽고 있으니까. 나는 아이들의 엄마니까.

"예, 학교에 안 다녀요. 집에서 공부해요."

내가 정말 아무렇지 않게 이야기할 때 신기하게도 아이들의 표정이 밝아졌다. 타인의 반응은 그다음이었다. 내가 그렇게 당당하게 응원하고, 아이들을 믿는다는 것을 온몸으로 드러내니 아이들이 스스로 자기 진로를 찾기 시작했다.


위탁가족이 된 후에도 그랬다. 은지가 아기였을 때에는 가족 관계를 궁금해하는 사람들에게 우리가 위탁가족인 걸 두루뭉술하게 말하기도 하고, 혈연관계인 것처럼 성을 바꿔 말하기도 했다. 혹여나 은지에게 피해가 되지 않을까, 상처가 되지 않을까 내심 고민하면서.

하지만 시간이 지날수록 '내가' 먼저 느끼고 있다는 걸 깨달았다. 은지도 말은 못 했지만 민감한 촉수로 그런 내 호흡과 억양, 표정과 눈짓의 변화를 세세하게 읽고 있었다. 마치

두 아이가 엄마인 나를 읽었던 것처럼.

그래서 다시 용기를 내야 했다. 첫째, 둘째 아이가 학교를 그만두었을 때처럼. 어떤 오해를 받더라도 내가 믿어주고 받아주면서 제 길을 찾도록 해야 했다. 그래서 나는 은지를 위해 다시 용기를 낸다.

"예, 우린 위탁가족이에요."

여전히 밝히고 싶지 않지만 생각을 뒤집고 용기를 쥐어짜며 말한다. 언젠가는 전화위복이 될 거라고 믿으면서. 언젠가는 입양가족처럼 굳이 설명하지 않아도 되는 관계가 될 거라고 소망하면서.

아이는 부모를 보고 자란다. 아이는 부모를 비추는 거울이 된다. 아이는 무의식중에 언제나 부모인 나의 호흡과 억양, 표정과 눈짓까지 읽고 있다. 그래서 '내가' 먼저 달라져야 한다. 더 용기를 내고, 인정하고, 믿어주고, 기다려줘야 한다. 그럼 언젠가 아이가 제 길을 찾을 것이다.


첫째 휘성이는 학교를 그만둔 다음 교육학에 관심을 갖게 됐다. 지금은 '국제 교육 정책'에 대해 깊이 공부하고 싶다고 한다. 둘째 어진이도 사회학을 전공하는 새내기가 되었다. 은지랑 같이 살아서 그런지 나중에 아동·청소년 관련 일을 해보고 싶은 마음도 있단다. 지금은 학교 공부도 하면서 검정고시를 준비하는 아이들 공부까지 봐주고 있다.

은지도 위탁가족이라는 특별한 상황에 있지만, 분명히 자기 안에 쌓인 사랑의 열매들로 더 깊고 넓은 사람이 될 거라고 믿는다. 그리고 그게 은지의 강점이 될 수 있도록 최선을 다해 도울 것이다. 우리 세 아이들이 밤새도록 해도 가슴 뛰는 일을 찾을 수 있기를. 은지가 그런 일을 찾을 수 있기를. 소외된 사람들의 입장을 헤아리고, 약자의 편에 서는 진짜 '실력자'가 되기를 진심으로 바란다.

험한 산길만 가는 인생도 없고, 곧은 평지만 가는 인생도 없다. 구불구불 올라갔다 내려가는 게 인생이고, 예상치 못한 순간에 꺾이고 휘몰아치는 게 인생이다. 세상 어디에도 한결같은 인생은 없다.

세상에는 위탁가족도 있고, 입양가족도 있다. 한부모 가족도 있고, 다문화 가족도 있다. 다양한 가족들이 다양한 인생을 사는 게 자연스러운 순리다. 부딪히고, 넘어지고, 다시 일어서면서.

어떤 게 정답이고, 어떤 게 오답일까? 우리가 위탁가족인 걸 밝히고 지금 상황 그대로를 이야기하는 건, 이게 우리 가족의 역사이기 때문이다. 고치 속에서 꿈틀대던 애벌레가 어느새 나비가 되어 날아가듯, 은지도 결국 아름다운 비상을 하리라고 믿기 때문이다.

은지는 아름답고 강한 날갯짓을 할 것이다. 오늘도 나는 그 희망을 본다.

우리 가족은 생일 같은 특별한 날엔 서로에게 편지를 쓴다. 말로 표현하는 것도 좋지만 짧게라도 글로 써주면 그때의 상황이나 생각을 오래오래 남길 수 있어서 편지 써주는 걸 즐기는 편이다.

한번은 가족들이 은지에게 편지를 써주면 좋겠다는 생각이 들었다. "우리가 은지한테 편지를 한 번도 안 썼더라고. 은지가 아직 어려서 못 읽더라도 나중에 크면 읽어볼 수 있게 모두 편지 한 통씩 써보면 어때?" 모두 좋은 생각이라며 각자 정성껏 편지를 썼다. 제일 먼저 펜을 든 건 남편이었다.

181

우리 막내 은지에게

키 110센티미터에 몸무게 16.5킬로그램의 우리 은지. 처음 만났을 때는 정말 작아서 어떻게 해야 할지 몰랐는데. 이젠 거실을 뛰어다니고 남자아이들처럼 높은 데서 펄쩍 뛰어내리는 우리 은지. 처음 만났을 때는 기어 다닐 줄만 알아서 뭔가 잡고 일어나려고 했는데, 이젠 밥을 먹으면서도 책을 대여섯 권씩 거뜬히 읽는 우리 은지. 처음 만났을 때는 낯설어서 주변도 잘 쳐다보지 않았었는데. 3년이 지나면서 우리 은지가 많이 컸구나. 아빠는 아침마다 은지랑 손잡고 어린이집에 갈 때가 정말 행복하다. 은지가 가게 앞에 서서 맛있는 사탕을 보다가, 이웃집 강아지 두 마리를 보고 웃다가, 팔랑팔랑 날아다니는 하얀 나비를 쫓아가다가, 어린이집 놀이터에 있는 미끄럼틀을 타고나서 꽃잎반에 들어가지. 은지는 행복하니?

은지가 어떻게 자랄까 생각하면 저절로 입가에 미소가 지어진단다. 은지가 초등학교에 들어갈 때 아빠 기분은 어떨까? 친구들을 데리고 와서 맛있는 거 사달라고 하면 어떨까? 학교에서 있었던 일을 조잘조잘 얘기하면 어떨까? 은지가 대학교에 가고, 남자 친구를 사귀고, 결혼을 하고, 엄마가 되면 어떨까? 행복한 생각들이 꼬리에 꼬리를 문다.

은지야 지금까지 건강하게 자라줘서 고맙다. 은지를 향한 아빠의 기도는 한 가지야.

"은지가 지혜롭고 건강하고 사랑스러운 사람이 되게 해주십시오."

은지가 지혜롭고 건강한 사람이 되었으면 좋겠다. 다른 사람을 사랑할 줄 알고 다른 사람의 사랑을 받는 사람이 되었으면 좋겠다. 지금은 우리 은지가 어려서 아빠가 하는 말을 잘 모르겠지만, 시간이 지나면 우리 은지가 이 글을 보겠지? 그리고 아빠의 기도가 어떻게 이루어져 있는지 알겠지? 그때는 마음을 터놓고 웃으면서 이야기할 수 있겠지?

고마워. 수많은 사람, 수많은 가족 중에 우리에게 와줘서. 정말 고마워. 사랑해. 오목조목 요기조기 예쁘지 않은 곳이 없는 우리 은지야 사랑해. 지금은 은지가 수족구에 걸려 닷새째 집에서 지내고 있지. 어제는 은지가 심심할까 봐 바닷가에 갔었지. 집으로 돌아올 땐 오빠랑 언니가 번갈아 가면서 은지를 업고 왔고.

앞으로 아프지 말고 건강하게 자라렴. 은지야! 언니랑

오빠, 엄마 그리고 아빠는 은지를 정말 정말 사랑해.

2017년 7월

아빠가

얼마 전에 이 편지를 다시 꺼내 읽었다. 그러자 그때의 기억이 선명하게 되살아났다. 은지가 네 살 때였고 입속에 염증이 생겨서 잘 먹지도 못하고 힘들어할 때였다. 온 가족이 걱정하면서 죽도 먹여보고 보리차도 먹여봤지만 은지는 다 싫다고 했다.

갑갑해하는 은지를 데리고 저녁에 슬슬 걸어서 바닷가까지 갔는데 거기서 은지가 많이 웃었다. 집으로 돌아올 땐 휘성이랑 어진이가 가위바위보로 번갈아가면서 은지를 업고 왔다.

그냥 흘려보냈다면 까맣게 잊혀질 수 있는 이야기인데 편지 덕분에 그날의 웃음이나 걸음걸이가 생생하게 다시 떠올랐다. 이것이 기록의 힘이었다. 그즈음 가족들은 모두 은지에게 편지를 썼고, 그 편지는 아직도 내가 가지고 있다.

휘성이가 쓴 편지엔 "은지야 너는 오빠의 자랑이야. 나는 누가 물어보지 않아도 팔불출처럼 내 동생 자랑을 많이 해. 가끔 너를 데리고 나가면 사람들이 나를 아빠로 보기도 하지만, 누가 뭐래도 너는 소중한 내 동생이야."라고 쓰여 있다.

어진이가 쓴 편지엔 "언니는 원래 언니가 아니었어. 은지를 만나서 진짜 언니가 됐지. 그래서 처음엔 내가 언니라는 게 어색하고 은지한테도 어떻게 해줘야 하는지 몰랐어. 은지 때문에 조금씩 언니가 된 거야."라고 쓰여 있다.

가족들의 편지를 다시 꺼내어 읽을 때마다 마음 한구석이 뭉클하다. 마음은 표현할 때 힘이 생긴다는 사실도 깨닫는다. 은지를 사랑하고 은지가 건강하게 자라길 바라는 마음은 고이 간직할 때보다 수시로 드러내고 기록해둘 때 훨씬 강력해졌다.

나중에 은지가 이 책을 읽는다면 여기서 어떤 표정을 지을까? 활짝 웃을까? 아랫입술을 쭉 내밀까? 그래, 그래, 아무려면 어때. 넌 그 자체로 소중한 아이인걸.

서로를 길들인다는 것

"너의 장미꽃이 그토록 소중한 이유는 그 꽃을 위해 네가 공들인 시간 때문이야."

생텍쥐페리의 소설 『어린 왕자』에서 여우가 한 말이다. 세상에 수많은 장미가 있지만 내가 물을 주고, 벌레를 잡아주고, 바람을 막아준 그 꽃이 가장 소중하다는 말이다.

나에게 은지가 소중한 이유도 은지를 위해 공들인 시간 때문이다. 새벽에 일어나 기저귀를 갈아주고, 우유를 주고, 응급실에 달려가고, 밤잠을 설친 매일매일의 수고가 은지를 더 소중하게 만들었다.

가족들도 은지 키우는 걸 사명감으로 생각했다. 첫째 휘성이는 외출할 때마다 은지를 안아줬다. 장을 보고 집으로 돌아올 땐 한 손엔 장바구니를 들고, 다른 한 손엔 은지를 안았다. 은지가 칭얼거리면 까꿍, 우르르, 뿡뿡 하는 소리를 내면서 은지를 얼러줬다.

둘째 어진이는 은지 옆에 딱 붙어서 놀아줬다. 이불을 둘둘 말아서 김밥 놀이를 하고, 물감 놀이, 비눗방울 놀이, 책 읽기, 퍼즐 맞추기, 쿠키 만들기 등 집에서 할 수 있는 것들을 찾아가며 놀아줬다.

남편은 아침마다 은지를 어린이집에 데려다줬다. 은지가 걸어가는 걸 좋아해서 일부러 동네를 빙빙 돌다가 등원했고, 저녁엔 놀이터에 나가 땀이 나도록 뛰어놀았다.

머리가 희끗희끗한 아빠가 은지랑 놀고 있으면 지나가던 사람들이 "손녀예요?" 물어봤다. "아니에요, 우리 막내예요!" 하고 받아치면, "에이!" 하면서 농담 잘하는 할아버지로 봤다.


위탁 초기엔 그랬다. 오해도 많이 받고 해명하고 싶은 마음도 컸다. 온 가족이 헉헉대며 수고하는데 세상은 우리에게 더 완벽한 부모가 되라고 하는 것 같았다. 완벽한 육아를, 완벽한 비밀로 지키며, 완벽한 사랑을 쏟아부으라는 무언의 압력 같았다. 나는 점점 눈치를 살피게 됐고 갈수록 지쳐갔다.

사막에 불시착한 비행기처럼 자주 무기력에 처박혔다. 잠깐 외출하는 것도 마음대로 할 수 없는 내 일상이 우울했다. 어떻게 해야 할지 몰라서 또 무기력해졌다. 그때 만난 것이 여우처럼 지혜로운 책과 글쓰기였다.

우연히 책을 펼쳤는데 그곳에서 다른 세상을 만났다. 어린 왕자를 따라 왕이 사는 별에 가보고, 술꾼이 사는 별에 가보고, 실업가, 가로등 켜는 사람, 지리학자의 별에도 가봤다.

어린 왕자의 하나뿐인 장미가 되기도 하고, 상자 속에 잠든 양이 되기도 했다. 책 속에선 내가 오랫동안 꿈꿔왔던 자유를 누릴 수 있었다. 짧고 더딘 독서였지만 그래서 더 곱씹을 수 있었다.


"가장 중요한 건 눈에 보이지 않는단다. 마음으로 보아야 하는 거야."

여우의 말처럼 가장 중요한 건 눈에 보이지 않았다. 나는 책 속에서 몸을 일으켰다. 너풀거리는 생각을 동여매고, 흩어진 마음을 추슬렀다. 그리고 내 모습을 천천히 들여다봤다. 마음으로 보려고 했다.

'나에게 소중한 건 뭐지?'

'나는 왜 이 삶을 선택했지?'

나도 위탁엄마가 처음이어서 엄마가 되어가는 과정이 필요했다. 무기력에 처박히고, 고꾸라지고, 도저히 못 일어날 것 같은 통증을 견디는 것도 엄마가 되어가는 과정이었다.

난 거뜬히 이겨내지 못했다. 꾸역꾸역 참으면서 버텼다. 도저히 참을 수 없을 것 같은 날은 방구석에 쪼그리고 앉아서 울었다. '난 도저히 못 하겠어, 정말 안 되겠어….'

신기하게도 한바탕 시원하게 울고 나면 주변이 새롭게 보였다. 동글동글 말아놓은 은지 똥 기저귀도 귀여워 보였고, 잔뜩 쌓인 빨랫감 위로 햇살이 내리쬐는 모습도 한결 포근해 보였다.

한 겹 한 겹 감정을 덜어내면서 짧고 더딘 독서를 했다. 예전처럼 두꺼운 책을 뚝딱뚝딱 읽을 수는 없었지만 작고 얇은 책을 기저귀 가방에 찔러 넣고 다니며 짬짬이 읽고, 오래 곱씹었다.

내가 위탁엄마의 자리에서 잘 버티게 해준 책들이 아직도 거실 책꽂이에 꽂혀 있다. 신기하게도 내 손때가 묻은 책에 더 눈이 간다. 은지를 키우면서 읽었던 책들은 꼬질꼬질하고 귀퉁이가 접혀 있는데 그것도 내 모습인 것 같다.

오랜만에 『어린 왕자』를 다시 읽었다. 읽을 때마다 새로운 이야기가 들리는 것 같다. 우주의 수많은 별처럼 우리도 각자의 위치에서 각자의 이름으로 반짝이며 사랑하고 있다는 게 감사하다.

"사랑은 서로에게 길들여지는 거야."

여우가 어린 왕자에게 말한 것처럼, 우리도 길들여졌다. 먹는 것, 자는 것, 현관 앞에서 은지가 비밀번호를 누르면 짐을 들고 있는 사람이 먼저 들어가는 것도 서로 길들여져서 편해진 부분이다. 이젠 굳이 말하지 않아도 된다.

나는 은지에게, 은지는 나에게 길들여지면서 더 소중한 존재가 되어가는 중이다. 공들이면서 사랑하고, 사랑하기 때문에 공들이는 우리는 어쩌면 우주의 순환에 몸을 맡기고 있는 건지도 모르겠다. 오늘도 이렇게 흘러가는 걸 보면.

어진이는 휴학 중이다. 홈스쿨링으로 5년 가까이 집에서 공부하다가 작년에 어엿한 대학생이 된 어진이는 부푼 기대감으로 새 학기를 시작했었다. 벚꽃이 피면 핑크빛 교정을 거닐고, 대학 축제에 가고, 미팅도 해보겠다며 스무 살의 봄을 설렘으로 맞이했었다.

하지만 코로나19로 1학기 내내 학교 한번 제대로 가보지 못했다. 같은 과 친구들의 얼굴도 모르고 집에서 산더미 같은 과제를 하면서 지루한 한 학기를 보냈다. 2학기가 시작되면서 어진이는 휴학을 결정했다. 홈스쿨링과 별반 다르지 않았던 대학 생활을 잠시 쉬기로 했다.

요즘은 도서관에 다니며 책을 읽고, 기타를 치고, 은지랑 운동도 하면서 지낸다. 일주일에 두 번은 검정고시를 준비하는 학생들에게 멘토링 수업을 하고, 한 달에 두어 번은 굿네이버스 인형극 자원봉사를 한다.

아침엔 은지를 챙겨 유치원까지 걸어서 데려다주고, 바닷가에 앉아서 신문을 읽다가 들어온다. 오후엔 은지가 끝나는 시간에 맞춰 학원으로 데리러 가고, 놀이터에서 같이 놀다가 아이스크림을 사 먹으며 집으로 들어온다.


어리다고 생각했던 어진이가 은지를 챙기는 걸 보면, 아이가 어른이 되는 과정을 압축해서 보고 있는 것 같다. 어진이는 혼자 공부할 때보다 학생들을 가르칠 때 더 많이 배운다고 한다. 사랑도 마음에 품고 있을 때보다 표현하고 행동할 때 더 분명해지는 것처럼.

어쩌면 사랑은 명사나 형용사가 아니라 동사가 아닐까? 같이 놀고, 같이 먹고, 같이 걸어가고, 같이 사는, 그런 역동적인 일상이 '사랑' 아닐까? 미국의 작가 어슐러 르 귄은 '사랑은 돌처럼 한번 놓인 자리에 그냥 있는 게 아니다. 빵처럼 매일 구워져야 한다'고 했다.

매일 표현하고 행동해야 하는 것, 매일 애써야 하는 것이

사랑이다. 아침마다 은지를 깨우고, 옷을 챙기고, 머리를 묶어주면서 우린 그 사랑을 배워가고 있다. 저녁엔 그림책을 읽어주고, 잠들 때까지 어깨를 토닥여주고, 자다가 깨서 이불을 덮어주며 그 사랑을 조금씩 연습하고 있다.

'할 수 있을까?', '조금 흉내 내다가 포기하진 않을까?' 처음엔 온갖 걱정을 안고 시작했다. 나는 사랑이 넘치는 사람도 아니고 정말 평범한 사람이라서 더 걱정이 됐다. 한 가지 다른 점이 있다면, 신앙인으로서 작은 '책무'를 느끼고 있다는 것뿐이었다.

오래오래 삶으로 살아내는 사랑. 그것이 신앙인의 모습이라고 생각했다. 하지만 위탁엄마로 살아내는 것은 내 한계를 넘어서는 일이었다. 밤잠을 설치는 건 기본이었고, 뼈 마디마디까지 피곤이 스며들어 내 몸을 가누기 힘들었다. 지인들도 어느 날 갑자기 아기 엄마가 된 나를 낯설어했다. 임신과 출산이 아니라 가정위탁제도로 하루아침에 은지 엄마가 됐으니 당연한 반응이었다.

"왜 그렇게 특별하게 살려고 해?"

"뭔가 얻는 게 있겠지…."

육아 때문에 식사도 번갈아서 하고, 외출도 은지 컨디션에 따라 하고, 고민 끝에 결정한 내 진학도 학비까지 내놓고 휴학했는데…. 나를 바라보는 시선은 위탁가족을 시작했던 초반과 별 차이가 없었다. 그때부터 사람들의 물음에 일일이 답하지 않았다.

그저 은지에게 더 신경 쓰면서 나를 다져나가기로 했다. 먼 훗날 삶이 증명해줄 거라고 믿었다. 비혈연 관계지만 위탁가족도 평범한 가족이라는 걸 설명할 재간이 없었다. 은지가 밝고 건강하게 잘 자라는 걸 보여주고, 평생 가족으로 살아가는 걸 보여주는 게 가장 분명한 대답이 될 테니까.

그래서 더 열심히 살았다. 부드럽고 찰지게, 고소하고 화끈하게 살려고 애썼다. 하루하루가 쌓여가는 게 기대가 됐다. 은지가 한글을 빨리 읽고, 만들기를 잘하는 것도 뿌듯하고 좋았지만, 은지가 눈치 보지 않고 할 말을 당당하게 할 때 더 흐뭇했다.

앞으로 살아갈 날이 더 많아서 여전히 대답을 할 수는 없지만, 비혈연가족도 똑같은 가족이다. 성이 달라도, 친부모가 따로 있어도 함께 사는 모습은 여느 가족과 다를 바 없다. 부디 그 낯선 편견만 거둬주기를 진심으로 부탁하고 싶다.

요즘은 어진이가 휴학하고 집에 있어서 은지를 함께 돌봐주고, 은지도 어느 정도 말이 통하다 보니 덕분에 나도 조금 숨통이 트인다. 책도 한 권 펼쳐 보고, 맛있는 커피도 한 잔

마신다. 내 시간을 쓸 수 있다는 게 참 감사하다. 바깥을 내다보니 어느새 나무마다 단풍이 들었다. 내 인생도 계절 따라 아름답게 물들어가고 있겠지.

푸른 봄이 완연한, 가정의 달 5월이었다. '세상을 바꾸는 시간(세바시), 15분'에서 입양과 가정위탁을 소개하는 프로그램을 구상 중이라며 섭외 요청을 해왔다. 그동안 글로만 소개하던 것을 카메라 앞에 서서 이야기해야 된다는 게 조금 부담스러웠지만 가정위탁제도를 알릴 수 있는 좋은 기회이기도 했다. 나는 고민 끝에 출연을 결정했다.

내게는 새로운 도전이었다. 처음엔 긴장과 설렘, 부담감과 의무감이 밀물과 썰물처럼 일렁였다. 그러나 위탁엄마로서 가정위탁제도를 제대로 알릴 수만 있다면 이만한 자리도 없을 것 같았다.

세바시에서 보낸 메일 하나를 받았다. '세바시 짧은 스피치 구성 전략'이라는 파일이었는데 마치 십계명처럼 '세바시 강연자에게 전하는 10가지 조언'이 적혀 있었다. 그중에 가장 눈에 띈 것이 세 번째 조언이었다.

"상식에 준하는 당위나 충고는 사양합니다. 관객은 당신보다 현명합니다."

신선한 반전이었다. 강연자가 현명한 게 아니라 듣는 관객이 현명하다는 말이었다. 그렇구나. 현명한 사람이 듣고, 현명한 사람이 타인의 삶에 관심을 갖는구나. 그렇다면 나는 현명한 관객 앞에서 무슨 말을 해야 할까?

하고 싶은 말은 많았다. 하지만 주어진 시간이 딱 15분이었다. 15분 안에 가정위탁제도와 위탁가족으로서의 이야기를 나눠야 했다. 먼저 1년 가까이 쓴 '배은희의 색다른 동거' 칼럼을 모두 출력해서 읽었다.

위탁을 고민하던 때부터 지금까지, 돌쟁이 은지가 우유병을 빨던 때부터 일곱 살 개구쟁이가 된 지금까지. 가족이 되어가는 우리의 이야기는 한 편의 소설처럼 새롭게 읽혔다.

지난 이야기 속에서 주제를 찾아냈다. 나머지 이야기는 덜어내고 깎아내면서 내가 하고 싶은 진짜 이야기를 추렸다. 이야기를 덜어내고 깎아낼 때마다 핵심 메시지가 더 또렷이 드러났다.

나보다 먼저 무대에 섰던 유명 강연자들의 영상을 찾아봤다. 이름만 들어도 알 만한 강연자 김창옥 대표, 이국종 교수, 차인표·신애라 부부, 인순이, 양준일, 김영철까지. 각계각층의 유명인사들이 자신의 이야기를 울림 있는 목소리로 전하고 있었다. 시청자로서 볼 땐 가볍게 보고, 고개를 끄덕이고, 쉽게 잊어버렸는데. 막상 내가 그 자리에 서야 한다고 생각하니까 짙푸른 무게감이 느껴졌다.

'나만의 이야기를 가장 나답게 전하는 것' 그게 목표였다. 초고를 써서 보내고 난 후에 담당 PD, 작가와 화상 미팅을 했다. 원고의 방향성에 관해 이야기하고, 어떤 것을 더 부각시킬지, 어떤 것을 더 깎아낼지 이야기를 나눴다.


원고도 여러 번 수정했다. 그러면서 가정위탁제도를 조금 다른 관점에서 보게 됐다. 가정위탁제도는 일방적인 시혜가 아니라, '주고받는' 개념이었다. 위탁가족은 '사랑'을 경험하고, 위탁아동은 '가족'을 경험하는 윈윈 제도였다. 이런 이야기를 압축해서 전하려다 보니 결국 촬영 전날 저녁까지 원고를 수정했다. 시간은 빠듯하고, 수정된 원고를 소화하지 못하면 어쩌나 걱정도 됐다. 그때 프로그램 담당 작가의 전화를 받았다.

"선생님, 선생님은 며칠 동안 쓴 원고를 가지고 무대에 서는 게 아니에요. 지금까지 살아온 삶으로 무대에 서는 거예요. 그러니까 떨 필요가 없는 거죠. 당당한 거죠!"그녀의 말에 머리를 한 대 얻어맞은 듯했다. 나는 원고를 수정하고, 또 수정하면서 오직 원고에만 집중하고 있었는데 원고가 아니라 지금까지 살아온 삶으로 무대에 서는 것이라고 했다. "그래, 그렇다면 할 수 있겠다." 갑자기 자신감이 샘솟았다.

촬영 당일은 조금도 떨리지 않았다. 한 마리 시골 쥐처럼 서울 시내를 두리번거리며 찾아갔지만, 마음은 어느 때보다 확신에 차 있었다. '그래, 난 지금까지 살아온 삶으로 설 거야!'

메이크업과 머리 손질을 하고 스튜디오에 들어갔다. 카메라는 곳곳에 우뚝우뚝 서 있었다. 책상 위에 놓인 큐카드를 들고 원고를 다시 읽었다. 거기서도 깎아낼 부분이 보였다. 그 자리에서 볼펜으로 쭉쭉 그었다.

카메라와 조명을 보면서 나만의 이야기를, 나답게 할 수 있을까? 다시 걱정이 일어났지만 마음을 다잡았다. 나는 내 삶으로 무대에 서는 거니까. 유명한 강연자를 흉내 내는 게 아니라, 위탁엄마로서의 삶을 가지고 무대에 서는 거니까.

촬영은 코로나19 때문에 관객 없이 진행됐다. 하지만 영상이 공개되면 전국의 현명한 관객들이 귀를 기울일 것이다. PD의 사인이 떨어지고, 무대에 올라가고, 나를 비추는 조명과 카메라 앞에서 내 이야기를 시작했다.

"저는 위탁엄마예요. 6년째 동거 중이죠….."

나만의 이야기를 가장 나답게 하려고 애썼다. 차분히 이야기하고 싶었지만 울컥울컥 안쓰러운 마음이 솟구쳐 오르기도 하고, 으하하 웃음이 나기도 했다. 촬영을 마치고 내려오는데, PD랑 작가가 내 옆으로 다가왔다. "선생님, 잘했어요! 선생님답게 잘하셨어요."

그 한마디가 얼마나 고마웠는지 모른다. 나답게 하는 게 목표였는데 나답게 했구나, 안도했다. 왼쪽 눈가에 눈물이 번져 판다처럼 보였지만 상관없었다. 그것도 내 모습이니까.

집으로 돌아오는 비행기 안에서 하루를 돌아봤다. 15분짜리 프로그램 하나를 만드는 데에도 여러 사람이 사력을 다해 함께했던 모습. 그 한 사람, 한 사람이 모두 자기 자리에서 맡은 역할을 해야만 비로소 한 편의 프로그램이 만들어진다는 걸 배웠다.

어쩌면 세상을 바꾸는 건, 한 사람 한 사람이 자기 자리를 지키는 게 아닐까? 나도 내 자리를 찾아 제주로 향했다. 다시 일상으로 돌아가는 비행기에서 바라본 5월의 하늘은 유난히 찬란했다.

　은지는 네다섯 살 때부터 책을 줄줄 읽었다. 요즘은 만화 삼국지에 푹 빠져 벌써 몇 번째 반복해서 읽고 있다. 틈만 나면 유치원에서 배운 윷놀이를 하고, 연거푸 모가 나오면 펄쩍펄쩍 뛰면서 환호한다. 며칠 전엔 앞니가 빠졌다. 밥을 먹다가 이 사이로 밥풀이 하나씩 튀어나오면 은지도 우스운지 두 손으로 가리고 키득키득 웃는다.

　"우리 집에서 누가 제일 예쁘지?" 물어보면 "은지요!" 하고 자신 있게 대답하는 아이. 은지가 첫걸음을 떼고, 말을 하고, 삐뚤빼뚤 해님같이 생긴 얼굴을 그려 나에게 선물한 게 엊그제 같은데 어느새 이렇게 컸다.

요즘은 마음에 안 드는 건 꼬박꼬박 따지고, 원하는 걸 분명히 요구한다. 매일 치마를 입겠다고 하고 리본 달린 구두를 신겠다고 하고 머리는 꼭 하나로 묶어달라고 한다. 외식할 때는 자장면이나 돈가스, 갈비탕을 먹겠다고 스스로 메뉴를 정한다.

에너지가 넘치는 아이다. 밤늦게까지 잠을 안 잔다. 불을 끄고 옆에 누워서 토닥토닥해주고 자장가를 불러줘야 겨우 잠이 든다. 유난히 땀이 많은 아이고, 자기 전에 염소 똥같이 농글농글한 똥을 눈다.

은지에 대해 가장 잘 아는 사람은 나다. 안타깝지만 은지 친엄마는 생후 11개월까지의 은지밖에 모른다. 은지가 그동안 어떻게 자랐고, 어떤 습관이 있는지 그간의 성장 과정은 볼 수가 없었다.

옹알이를 하고, 동물 소리를 내고, 엄마, 아빠를 겨우 발음했던 은지. 생후 13개월에 걷기 시작한 은지. 용을 쓰며 뒤뚱뒤뚱 걸어가다가 넘어지면 또 일어서고, 넘어지면 또 일어서던 은지. 하얀 이빨이 밥풀처럼 나왔던 은지. 은지의 위탁엄마로서 감격했던 순간들이다.

은지를 키우면서 이제야 '엄마'에 대해 더 깊이 생각하게 된다. 4남매를 기르신 친정엄마와 두 아이를 기르며 수없이 갈등했던 나의 초보 엄마 시절이 자꾸 겹쳐 보인다. 먼저 낳은 두 아이를 조금 더 느긋하게, 조금 더 멀리 내다보고 키웠더라면 하는 후회도 든다.

독일의 철학자 칸트는 "자식을 기르는 부모야말로 미래를 돌보는 사람이라는 것을 가슴속 깊이 새겨야 한다"라고 했다. 자식들이 조금씩 나아짐으로써 인류와 이 세계의 미래가 조금씩 진보하기 때문이라는 말과 함께.

초보 엄마 시절의 나에게, 자식을 기르는 일이 곧 우리 모두의 미래를 돌보는 일이라는 사명감이 있었다면 갈등보다는 보람을 더 느꼈을 것이다. 자식들의 삶이 조금씩 나아짐으로써 인류와 세계의 미래가 조금씩 진보한다는 걸 진작에 알았다면 절망보다는 희망을 가졌을 것이다. 하지만 그때는 몰랐다.

두 아이를 다 키우고 다시 육아를 선택한 나는 이제야 조금 느긋하게 기다려주면서 한 발치 떨어져서 아이를 지켜본다. 첫째, 둘째 아이를 키울 땐 일일이 설명하고 확인하고 훈계했는데, 은지는 스스로 탐색하고 알아가도록 기다려주고 있다.

한여름에 모직 원피스를 입겠다고 해도, 햇빛이 쨍쨍한데 장화를 신겠다고 해도, 노느라 밥을 안 먹겠다고 해도, 가능하면 은지가 스스로 경험하고 느끼도록 허용해준다. 엄마의 잔소리보다는 경험이 더 효과적일 것 같아서 뒤늦게나마 느긋한 엄마가 되어본다.

몇십 년을 겪어도 경력으로 쳐주지 않는 '엄마'. 육아에 지쳐 무력감이 느껴질 때마다 나는 미래를 돌보고 있는 거라고, 인류와 세계의 미래가 진보하는 엄청난 일에 동참하고 있는 거라고 되뇌고 있다.

스스로 추스르며 일어나야 하는 외로운 자리 '엄마'. 너무 당연하게, 너무 뻔뻔하게 엄마의 역할을 요구했던 내 모습을 회상하면 그 무명의 자리를 오래도록 감당해준 세상의 엄마들이 위대해 보인다.

우리 집이 아무 탈 없이 하루를 보냈다면, 그건 엄마가 엄마의 자리를 지켰기 때문이다. 따끈한 밥에 찌개까지 먹을 수 있었다면 그건 엄마의 시간과 수고를 한소끔 푹 끓였기에 가능한 것이다.

엄마는 전문직이다. 때론 홀대받고 때론 당연시해도 묵묵히 그 자리를 지키는, 진짜 전문직이다. 이번 명절엔 언제나

조건 없이 내 편이 되어주는 엄마께 진심으로 감사와 사랑을
표현해야겠다. 엄마가 좋아하시는 과일이라도 한 바구니 안
겨드리면서.

4장

# 너는 지켜진 아이란다

은지는 앞니가 숭숭 빠진 일곱 살 언니가 됐다. 삐뚤삐뚤
편지도 곧잘 쓰고, 그림책도 술술 읽고, 말도 야무지게 잘한
다. 요즘은 출생에 대한 궁금증이 많아졌는지 이것저것 자꾸
물어온다.

"엄마, 은지 낳아주신 엄마는 지금 몇 살이에요?"

"음… 스물여섯 살."

"그럼 언니네요!"

은지 생각에는 낳아주신 엄마가 젊은 나이인가 보다. 그래
서 낳아주신 엄마는 언니에 가깝다고 여기는 것 같았다. 은
지는 '낳아주신 엄마'와 '배은희 엄마'로 두 엄마를 구분하면

211

서 머릿속에 어렴풋이 가족 관계를 그려가고 있다. 얼마 전엔 또 물었다.

"엄마! 그럼, 다른 아빠 한 명은 어디 있어요?"

"음… 그 아빠는 아주 멀리 있어서 지금은 만날 수가 없어. 은지가 어른이 되면 우리 같이 만나러 가자!"

"네, 좋아요!"

해맑게 대답하는 은지와 출생에 관해 이야기하는 건 나에게 여전히 아픈 일이다. 하지만 우리는 이 일을 계속해야 한다. 은지가 알아들을 수 있는 말로, 은지의 보폭에 맞춰서. 은지가 궁금해할 때마다 이야기를 나누고, 또 나눠야 한다.

은지의 첫 위탁 기간은 5년이었다. 그런데 그 기간이 지나도록 친부모의 사정이 나아지지 않았다. 그래서 나는 지난달에 위탁센터에 먼저 전화를 걸어 5년이 지났으니 계약서를 다시 써야 하지 않겠냐고, 갱신하고 싶다고 말했다. 모든 건 간단했다. 계약서 한 장에 서명만 하면 끝이었다.

그렇게 간단한 서류 한 장으로 앞으로 은지와 몇 년은 더 지낼 수 있을 거라는 생각에 마음이 한결 놓였다. 집으로 돌아오는 길에 은지와 나의 앞날을 그려보았다. 웃을 일도, 울 일도 많겠지.

그런데 은지는 요즘 들어 자주 입을 삐죽거린다.

"엄마! 왜 언니랑 오빠만, 엄마 배 속에 있다가 낳아줬어요? 치…."

은지는 아직도 아이를 배로 낳고, 안 낳는 문제를 엄마가 선택할 수 있는 줄 안다. 그래서 은지는 자신도 언니, 오빠처럼 엄마 배 속에 있다가 태어나고 싶은데 왜 은지만 가슴으로 낳았냐고 따지듯 물었다.

정말 그런 일을 선택할 수 있다면 얼마나 좋을까? 하지만 선택할 수 없는 관계라서 더 소중한 게 아닐까? 우리는 5년에 한 번씩 위탁부모 계약서를 갱신하면서 서로에게 마음을 내어준다. 함께 지나온 시간과 앞으로의 시간을 생각해보고, 서로의 존재를 확인한다.


"엄마! 은지는 엄마도 둘, 아빠도 둘이잖아요? 우리 행복반 선생님한테 말했더니 선생님이 좋겠다 그랬어요. 헤."

활짝 웃으며 자랑하는 은지를 꼭 안아주고 말했다.

"그래, 은지는 엄마도 둘, 아빠도 둘이니까 두 배로 행복했으면 좋겠어!"

언젠가 은지도 이 말을 이해할 때가 올 것이다. 그때쯤 우리가 어떤 모습을 하고 있을까. 은지는 초등학생이 될 테고,

사춘기를 보낼 테고. 지금보다 더 생각이 많아지고, 행동반경이 넓어지겠지. 그때 우리가 조금은 즐거운 이야기를 나누고 있기를 바란다.

그런 마음으로 나는 오늘도 잠든 은지에게 편지를 쓰듯 속삭인다.


은지야. 엄마는 은지를 배 속에 품었다가 낳지는 못했어. 아기였던 은지를 가슴에 꼭 안고 집으로 온 날, 그날부터 은지 엄마가 되기 시작했거든. 그래서 은지가 우리 가족이 될 때는 언니랑 오빠 때처럼 엄마 배가 아프진 않았지.

하지만 은지가 '왜 배 속에 있다가 낳아주지 않았냐?'고 물을 때, '엄마 가슴이 쭉 갈라지면서 은지가 태어났냐?'고 물을 때… 엄마는 그때마다 은지를 낳는단다. 가슴이 아리고 쑤시면서 은지를 몇 번이고 낳아.

우리 은지가 크면 엄마 마음을 이해할까? 아니, 몰라도 괜찮으니까 지금처럼 밝고 건강하게만 커주면 좋겠어. 엄마도 멋진 은지 엄마가 되도록 노력할게. 가끔씩 아프고 흔들려도 우리 같이 이겨내자. 5년이 지나고도 또 너에게 엄마라고 불릴 수 있다면 좋겠다. 사랑하고 축복해.

# 갓난아기의 위탁부모를 찾습니다

얼마 전 제주일반위탁부모의 모임 게시판에 공지 하나가 올라왔다. 생후 4개월 된 남자 아기의 위탁부모를 찾는다는 내용이었다. 친부모는 이혼했고, 도저히 아기를 키울 수 없는 상황이라 위탁부모를 찾는다고 했다.

소식을 들은 위탁엄마들은 한마음으로 아기를 걱정했다. 하지만 당장 나서는 사람은 없었다. 아기가 걱정된다고 선뜻 나설 수도 없는 일이었다. 더욱이 혼자 결정할 수도 없는 일이 아닌가.

'부디 좋은 위탁부모를 만나길', '어디를 가든 건강하게 잘 자라길'. 모두 같은 마음으로 응원하며 누군가가 아기를 잘 키워주길 바랐다. 생후 4개월이면 밤낮없이 손이 필요할 때고, 그러려면 특별한 사랑과 보호를 해줄 수 있어야 하는데, 그런 위탁부모가 나타나길 바랐다.

결국 사람을 살리는 건 '한 사람'이다. 자원하는 한 사람, 헌신하는 한 사람, 나눠 주는 한 사람, 들어주는 한 사람, 안아주는 한 사람, 사랑하는 한 사람, 희생하는 한 사람…. 한 사람에 의해 사람이 죽기도 하고, 살기도 한다.

성경엔 '한 알의 밀알이 땅에 떨어져 죽지 아니하면 한 알 그대로 있고, 죽으면 많은 열매를 맺는다'고 했는데 누가 땅에 떨어져 죽은 한 알의 밀알이 되려고 할까? 그런 사람을 만나고 싶지만 그런 사람이 되는 건 부담스러운 일 아닌가?


몇 달 전이다. 우리 집 컴퓨터가 갑자기 고장이 나서 대학원 리포트를 쓸 수가 없었다. 그 얘길 듣고 동기 중 한 사람이 자신이 쓰던 노트북을 그냥 주었다. 속도가 조금 느리지만 글을 쓰는 데는 문제없을 거라며 햇살같이 하얀 웃음을 띠고 노트북을 내밀었다.

"그럼, 선생님은 어떻게 해요?"

"아, 저는 괜찮습니다!"

순간 코끝이 찡해졌다. 지금도 그 노트북으로 원고를 쓰고 있는데, 자판 위에 밴 그의 헌신과 배려가 자꾸 나에게 말을 건다. "나는 행동하는 사람인가? 말하는 사람인가?" 행동하기 위해 위탁엄마로 살고 있지만, 이렇게 글로 말하고 있는 내 모습은 또 뭘까? 가정위탁제도를 알리고, 더 많은 사람이 동참하길 바라는 마음이지만, 정말 그 이유뿐일까?

그의 헌신과 배려로 나는 리포트를 쓰고, 위탁가족의 일상을 사람들에게 공유한다. 노트북을 펼칠 때마다 나도 그 '한 사람'이 되도록, 내가 할 수 있는 만큼 용기를 내보려 한다. 때로는 한 사람의 힘이 누군가의 생사를 가르기도 하니까.

은지에게 매달 2만 원씩 후원해주고 있는 어느 시인도, 은지 미술학원 수강료를 받지 않고 있는 어느 원장도, 은지 맡길 데가 없어서 대학원 수업에 데리고 간 날 우릴 환대해준 어느 교수도 그런 사람이다. 가족의 사랑에 대해 조잘조잘 이야기해준 어느 선생도, 희망을 노래하는 어느 선생도, 이미 '한 사람'의 역할을 충분히 하며 사는 사람들이다.


모두가 위탁부모로 살 수는 없지만 도울 수는 있다. 나는 은지를 키우고, 나의 지인들은 은지를 인정해주면서 평범하게 사는 게 행복한 삶 아닐까? 우리를 편견 없이 대해주는 것만으로도 고맙고 든든하니 말이다.

갈수록 위기의 아이들이 늘어나고 있다. 어른의 잘못으로 아이의 인생이 시작부터 흔들리고 있다. 친부모의 이혼으로 위탁가정을 찾고 있다는 생후 4개월 된 아기에게 오늘은 좋은 소식이 들렸으면 좋겠다.

'한 사람'이 나서주길, 자신의 시간을 나눠 주고, 공간을 내주고, 삶을 공유해줄 한 사람…. 그 한 사람을 만날 수 있길. 조금 더 관심을 갖고 조금 더 힘을 보태면, 가능하지 않을까? 나는 어떤 걸 도울 수 있을까 생각한다면.

어느새 찬바람이 불어온다. 코로나에도, 세 번의 태풍에도 꿋꿋하게 버텨온 것처럼 그 아기도 잘 버텨주길, 좋은 위탁 부모를 꼭 만나서 따뜻한 겨울을 보낼 수 있기를 조용히 기도한다.

"아가야, 그래도 세상은 살 만하단다."

요즘 계속해서 은지에게 출생과 성장에 관해 이야기를 하고 있다. 잠자리에 누워 어깨를 토닥이며 재미있는 옛날이야기처럼 들려준다. 처음으로 엄마를 그려줬는데 삐뚤빼뚤 해님같이 그렸던 이야기, 열감기로 응급실에 갔던 이야기….

했던 이야기를 또 하고, 또 하는데도 은지는 여전히 재미있어한다. 밤마다 더 길게, 더 자세하게 이야기해달라고 조른다. 이야기를 우려내고 우려내던 어느 날, 은지가 대뜸 친엄마를 보고 싶다고 했다.

"그럼 엄마가 내일 가정위탁센터에 전화해줄 테니까 은지가 직접 얘기해볼래?"

"네! 좋아요!"

안 그래도 은지가 초등학교 입학하기 전에 친엄마를 한번 만날까 생각하던 중이었다. 친엄마를 만난 지도 1년 반쯤 지났으니까 은지도 기억이 안 날 것 같았다. 옆에 누워서 어깨를 두드려주다가 살짝 물어봤다.

"은지야! 낳아주신 엄마 생각나?"

"네! 생각나요! 하얀 옷 입고 왔었잖아요? 나한테 프리파라 스티커 책도 주고."

은지는 정확하게 기억하고 있었다. 그땐 너무 젊은 엄마를 보고 한동안 아무 말을 하지 못했다. 친엄마와 신나게 놀고 집에 돌아와서 '하얀 옷 입은 언니'랑 놀았다고 했었다. 은지 눈에도 친엄마가 언니처럼 보였던 거다.

"은지가 낳아주신 엄마랑 살 때, 배은희 엄마가 은지를 만나러 갔었거든. 그땐 은지 뺨이 호빵처럼 빵빵했었어. 너무 귀여워서, '은지 한번 안아봐도 될까요?' 하고 물어봤는데 낳아주신 엄마가 은지를 보물처럼 꼭 껴안고 옆으로 이렇게 돌아앉더라고."

스무 살에 낳은 첫 아이, 미혼모 시설에서도 애지중지 보물처럼 길렀던 아이다. 그런 보물을 떠나보내던 날, 은지 친엄마는 벌겋게 달아오른 얼굴을 연신 훔쳤다. 은지를 태운 차가 보이지 않을 때까지 시설 앞에서 내내 손을 흔들었다.

은지는 버려진 게 아니라 지켜진 아이다. 스무 살 엄마는 어린 은지를 데리고 아무 대책 없이 미혼모 시설을 퇴소할 수가 없었다. 어떻게든 은지를 지켜내려고 엄마가 아픔을 감내한 것이다.

은지의 뽀얀 피부와 짙은 눈썹은 친엄마를 닮았다. 그림을 잘 그리는 것도, 손재주가 많은 것도 친엄마를 닮았다. 지켜진 아이 은지는 클수록 친엄마를 닮아간다. 어쩜 웃는 것도 닮는지. 당연하면서도 신기하다.

다음 날 나는 제주가정위탁지원센터에 전화를 걸어 은지를 바꿔주었다. 은지는 여전히 해맑은 목소리로 말했다. "은지 낳아준 엄마가 보고 싶어요!" 약속을 잡아보겠다는 담당자의 말과 함께, 한 달이 흘렀다.

그 한 달 동안 나는 은지의 출생과 성장에 대해 모조리 이야기를 들려줬다. 궁금하다고 하면 또 이야기하고, 더 듣고 싶다고 하면 자세히 이야기해줬다. 더 해줄 이야기가 없을 정도로 다 하고 나니까 은지가 내 친구 같았다. 이제는 어떤 이야기를 해도 될 것 같은 믿음이 생겼다. 이제는 은지도 자신이 버려진 게 아니라 소중하게 지켜진 특별한 아이라고 여기고 있었다.

　"와! 그럼 나는 엄마도 둘이고, 아빠도 둘이네?"

　은지의 밝은 목소리에서 희망을 읽었다. 이렇게만 자라주
렴. 사랑하는 은지야.

두
엄
마
의
오
후

은지는 벌써 여덟 살이다. 이제 초등학교 입학도 머지않았다. 마침 친엄마도 입학 전에 은지를 꼭 한 번 보고 싶다고 해서, 약속 날짜를 잡았다.

그리고 오늘, 드디어 약속된 날이 왔다. 기분 좋은 햇살이 은지를 흔들어 깨웠다. 은지는 새로 산 원피스를 입고 머리도 예쁘게 묶었다. 훌쩍 큰 은지를 보고 친엄마는 어떤 생각을 할까? 7년 전, 은지를 떠나보낼 때는 젖병이랑 딸랑이, 옷가지를 챙기며 한없이 울었었는데.

"은지야! 엄마 만나면 어떤 얘기하고 싶어?"

"음, 은지가 배 속에 있을 때 배가 얼마큼 뚱뚱했는지 물어볼 거예요! 히히.”

"그래, 은지가 궁금한 거 다 물어보자."

친엄마는 장애인 생활시설에 살고 있다. 코로나 때문에 면회가 안 되는 상황인데 은지가 초등학교에 입학하기 전에 꼭 보고 싶다고 해서 야외에서 만난다는 조건으로 겨우 허락을 받았다. 은지는 친엄마를 만날 생각에 들떠 있었고, 친엄마에게 줄 카드도 직접 만들었다. 색종이를 오리고 붙여서 정성껏 만든 카드에 또박또박 글씨를 썼다.

저를 나아주셔서 감사합니다.

-은지-

친엄마가 사는 곳은 제주시에서 50분 정도 떨어진 외곽에 있었다. 우린 가정위탁센터 담당자와 함께 출발했다. 은지는 차 안에서도 카드와 유치원 졸업앨범이 든 가방을 꼭 쥐고 있었다.

시설 입구에 들어서자, 개 세 마리가 컹컹 짖으면서 뛰어 왔다. 바짝 긴장한 은지가 내 품에 안겼다. 우리는 관리자의 안내를 받아 마당 한쪽에 있는 정자에 앉아서 기다렸다. 햇살이 비치는 오후라 춥지는 않았다.

"조금만 기다리세요. ○○ 씨 나올 거예요."

조금 있으니 까만 옷을 입은 친엄마가 나왔다. 은지는 자기 가방을 꼭 쥐고 그 걸음을 뚫어져라 처다봤다. 친엄마는 은지에게 다가오더니 작은 종이 가방을 내밀었다. 은지도 가방에서 얼른 카드를 꺼내 쑥 내밀었다.

몇 년 전에 한 번 보고 못 봐서 그런지, 또 서먹서먹한 거리감이 느껴졌다. 하지만 그보다 강한 DNA가 서로를 끌어당기는 듯했다. 반듯한 이마, 짙은 눈썹, 뽀얀 피부가 영락없는 모녀 사이였다. 은지를 처음 보는 시설 관리자도 "닮았네요. 닮았어." 하며 껄껄 웃었다.


은지는 그 자리에서 친엄마가 준 선물을 뜯어 봤다. 털실로 짠 목도리 두 개, 모자, 지갑, 세뱃돈 2천 원이 들어 있었다. 그리고 꼭꼭 눌러쓴 손편지가 들어 있었다. 은지는 선물을 먼저 뜯어 보고, 또랑또랑 편지를 읽어 내려갔다.

"은지야, 내가 사랑하는 은지야. 학교 입학한 걸 정말 축하해. 엄마가 입학식에 가고 싶었는데 입학식 가는 대신 손편지를 남길까 해. 엄마가 부족하지만 아주 작은 선물이 있어. 엄마가 손으로 짠 목도리 두 개와 모자 하나를 은지한테 줄게. 책도 열심히 읽고, 공부도 열심히 하는 착한 은지를 응원

할게. 다음에 필요한 거 있으면 얘기해. 엄마가 열심히 만들어볼게."

은지는 예쁜 목소리로 편지를 다 읽고 깔깔깔 웃었다. 친엄마는 그런 은지를 바라보며 또 눈가가 빨개졌다. 두 사람을 바라보는 내 눈에서도 오후의 햇살이 주르르 흘러내렸다. 두 엄마는 은지를 가운데 두고, 촉촉한 눈길로 은지를 바라볼 뿐이었다.

"은지 많이 컸죠?"

"예….."

친엄마도 은지가 만든 카드를 읽었다. 알록달록 색종이 카드에 적힌 반듯한 글씨를 보고 놀라기도 하고, 흐뭇해하기도 했다. 은지는 금세 친엄마를 향해 웃었다. 웃는 모습도 어찌나 닮았는지. 서로 떨어져 있어도 혈연은 끊으려야 끊을 수가 없는가 보다.

프랑스의 시인이자 소설가인 플로리앙은 '제일 안전한 피난처는 어머니의 품속'이라고 했다. 우리 은지는 낳아주신 엄마, 길러주신 엄마의 품속에서 더 안전하게 자랄 것이다. 두 엄마가 끝까지 함께할 거니까.

우린 30분쯤 더 있다가 자리에서 일어났다. 같이 사진도 찍고, 서로 안아주고, 몇 번이나 손을 흔들며 아쉬운 작별을 했다. 친엄마는 시설 입구까지 걸어 나와서 은지가 차를 타는 걸 지켜봤다.

은지와 내가 탄 차는 천천히 출발했다. 친엄마는 들어가지 않고 계속 서 있었다. 돌이 된 듯 움직이지도 않고 그 자리에 서서 손을 흔들다가 눈가를 닦다가, 또 손을 흔들다가 눈가를 닦았다.

그때 은지가 창문을 열고 친엄마를 향해 크게 소리쳤다.

"아-프-지-말-고-건-강-하-게-지-내-요!"

참고 있던 목울대가 파르르 떨렸다. 이게 혈연의 힘일까? 여덟 살 은지는 이렇게 자신의 출생과 성장을 만나고 있다.

"우리 엄마는 스물일곱 살이야!"

은지는 친엄마를 만나고 온 뒤로 계속 친엄마 이야기를 했다. 머리 모양이 어땠는지, 마스크를 벗은 얼굴과 입모양이 어떻게 생겼는지⋯ 시시콜콜 이야기했다. 이야기하는 모습도 친엄마와 판박이였다. 천륜은 어길 수 없다는 말이 새삼 실감 났다.

은지도, 친엄마도 천륜의 끈을 놓지 않으려고 안간힘을 쓰는 중이다. 그 사이에 '위탁부모'인 내가 있다. 위탁부모가 되기 전엔 내 위치를 잘 몰랐다. 그저 친부모와 함께 살 수 없는 아이를 우리 집에서 돌봐주는 정도로만 생각했다.

하지만 7년이 지나는 요즘, 위탁부모는 천륜을 이어주는 사람이라는 생각을 한다. 하늘이 맺어준 부모 자식 간의 인연이 끊어지지 않도록 그 사이에서 손을 꼭 잡고 서 있는 사람 말이다.

"은지야! 그런데 ○○○ 엄마(친엄마)한테, 왜 400원을 드렸어?"

은지는 친엄마를 만나던 날, 주머니에 있던 동전을 탈탈 털어서 친엄마에게 줬다. 괜찮다고 손사래를 치는데도 은지는 계속 주려고 했다. 할 수 없이 동전을 받은 친엄마는 다시 눈가가 빨개졌었다.

"○○○ 엄마는 돈이 없을 것 같아서요."

은지는 느꼈나 보다. 웬만해선 자기 용돈을 안 쓰는데 주머니에 있는 동전을 모두 친엄마에게 준 걸 보면. 은지는 그 후로도 예쁜 게 생기면 따로 모으고, 친엄마에게 받은 종이 가방에 연필 한 자루, 레고, 색종이로 만든 편지도 모아두고 있다.

요즘은 두 엄마를 비교하기도 한다. 배은희 엄마는 아파트에 사는데, ○○○ 엄마는 왜 집이 아닌 커다란 건물에 살고 있냐고. 배은희 엄마는 운전을 하는데, ○○○ 엄마는 왜 운전을 못 하냐고 물어본다.

"그럴 수도 있지. 사람은 다 다르니까!"

은지는 고개를 끄덕이다가, 뭔가 석연찮은 표정으로 또 물었다.

"그런데, ○○○ 엄마는 왜 그런 곳에서 살아요? 집이 아니잖아요?"

순간 놀랐다. 이제 더 솔직히 말해야 할 것 같았다. 은지는 비교하고 추론하면서 하나하나 이야기를 맞춰가고 있었다. 나는 은지의 초롱초롱한 눈동자를 우물처럼 들여다보며 다시 설명했다.

"은지야. 몸이 불편한 사람들이 있잖아? 장애를 갖고 있는 사람들…. ○○○ 엄마는 몸 중에서 생각주머니가 불편한 거야. 그곳은(장애인 시설) 생각주머니가 불편한 분들이 사는 곳이야. 그래서 ○○○ 엄마는 은지를 너무너무 사랑하지만, 지금은 은지를 키울 수가 없는 거야."

"와! 대박. 그럼, ○○○ 엄마는 장애인이에요?"

여덟 살 은지는 단번에 정리해버렸다. 내가 더 해줄 말이 없었다. 이젠 은지가 이해한 만큼 스스로 소화해야 할 것 같았다. 은지를 살피면서 다음 반응을 기다리는데, 은지는 아무렇지 않게 툭 한마디를 뱉었다.

"아, 그렇구나!"

은지는 낙심하지도 않았고, 통곡하지도 않았다. 있는 그대로 받아들이고, 인정했다. 시간이 지나면서 여러 번 달라지겠지만, 부디 은지가 지금처럼 자신의 정체성을 건강하게 만들어갔으면 좋겠다.

나는 은지 옆에서 계속 설명해주고, 상처받지 않게 안아줄 것이다. 그것은 하늘이 내게 맡긴 역할이다. 은지가 상처받지 않도록, 다양한 사람의 다양한 삶을 진심으로 이해하도록, 우리의 천륜을 단단히 이어나갈 것이다.

은지의 삶을 축복하며, 은지의 성장을 기대한다.

오늘도 평범한 하루가 지나간다. 이렇게 평범한 나를 사람들은 특이하게 바라본다. 얼마 전에는 한 교양 다큐 프로그램에서 연락이 왔다. 위탁가족으로 사는 모습이 프로그램의 취지에 잘 맞는다며, 조심스럽게 출연 제안을 해왔다.

'우리가 그렇게 특이한가?'

그때 다시 생각했다. 아직 우리나라엔 '가정위탁제도'가 많이 알려지지 않았고, 나는 위탁부모로 살고 있다. 그러니까 특이하고, 특별해 보일 수도 있겠다. 하지만 우리 가족의 모습을 카메라에 담아 전 국민 앞에 낱낱이 보여주는 건 부담스러운 일이었다.

나의 내밀한 부분과 은지의 일상이 한 편의 누드화처럼 그려질 것 같다는 걱정이 앞섰다. 그건 보는 사람에 따라 다르게 해석될 테고, 그 후에 이어질 피드백도 각양각색일 것이다. 내가 그걸 감당한다고 해도 은지에게 부담을 주어서는 안 될 것 같았다.

정중히 거절의 뜻을 담은 답장을 보냈다. 관심은 고맙지만 내가 준비되지 않은 상태였다. 뭘 하든 서로의 마음이 맞아야지 한쪽만 좋다고 시작할 순 없으니까. 그렇게 정리하고 카페에 앉아 커피 한 잔을 마시는데 시 한 편이 떠올랐다.

제주 바다가 아름다운 것은

제 속을 다 보여주기 때문

맑은 날이건

흐린 날이건

하늘을 고대로 담아내다가

때론

발톱을 세우고 으르렁거리며

물어뜯고, 할퀴고,

기어오르고,

치받고…….

또 언제 그랬냐는 듯

헤헤거리며

속살대며

제 속을 다 내어주기 때문.

-진진 「제주 바다가 아름다운 이유」

시인의 말대로 제주 바다가 아름다운 이유는 '제 속을 다 보여주기 때문'이다. 발톱을 세우고, 물고, 할퀴고, 헤헤거리고, 속살대는… 모두를 보여주기 때문이다. 그날 나는 카페에 앉아 바다를 바라보다가 숙연해졌다.

나는 여전히 내 모습을 보이고 싶지 않았다. 뒷감당이 안 될 것 같았다. 그래서 미리 차단하고 거리를 두려고 했던 것이다. 이성적으론 어떻게 사는 게 바른 건지, 실수하더라도 시도해보는 게 옳다는 걸 알면서도 내 속을 보이는 건 여전히 나에게 어려운 일이었다. 그 간극이 때론 밀물처럼, 때론 썰물처럼 다가오며 철썩거렸다.

위탁부모로 살면서, 누군가에게 내 속을 보여주는 게 가장 힘들었다. 남들은 나를 특별하게 바라보는데 정작 내 속은 평범하다 못해 부족하거나 부끄러운 부분도 있었다. 그게 흰히 드러나 낱낱이 공개된다면, 아름답기보다는 내 마음을 할퀴는 꼴이 되지 않을까 걱정스러워 스스로 조심하며 내 속을 감추었다.

그런데 시를 읽고 이제라도 조금씩 드러내볼까 하는 마음이 샘솟았다. 그럼 조금은 달라질까? 맑은 날이건, 흐린 날이건 있는 그대로 보여주는 연습이라도 해볼까?

내가 알지 못하는 곳에서 평범하게 살고 있을 다른 위탁부모들의 삶이 사뭇 궁금해졌다. 그들은 어떻게 하루하루를 살아가고 있을까.

생각이 길어지자, 내일도 평범한 삶을 살고 있을 나부터 용기를 내야겠다는 생각이 들었다. 어쩌면 그런 나를 보고 곳곳에 사는 위탁부모들도 얼굴을 드러낼지 모를 일이다.

세상의 모든 변화는 작은 곳에서부터 시작하는 거니까.

16개월 정인이는 하늘나라로 갔다. 갈비뼈가 부러지고, 다시 붙고… 멍이 들었다가 나았다가를 반복하다가 결국 하늘나라로 갔다. 캄캄한 방에서 혼자 울다가 잠들었다는 아이. 부러진 다리로 마지못해 걸었다는 아이. 살아보려고, 어떻게든 살아보려고 몸부림쳤다는 아이의 모습은 안타까움과 먹먹함을 넘어 무력감을 느끼게 했다.

아이를 대하는 태도가 그 사회의 수준이라면 우린 지금 어느 정도일까? 췌장이 끊어지고, 온몸이 짓이겨진 채, 마치 교통사고를 당한 듯 처참하게 뭉개진 아이의 이야기를 다시는 듣고 싶지 않은데, 그러려면 어떻게 해야 할까?

누군가는 학대 아동을 즉시 가정에서 분리해야 한다고 말한다. 하지만 수용할 시설이 없다고 고개를 젓는다. 누군가는 쉼터를 늘리고, 더 지원해야 한다고도 말한다. 하지만 '시설'이 아니라 '가정'에 초점을 맞추면, 있지 않은가? 가정위탁 말이다.

가정위탁은 친부모의 학대나 질병, 수감 등으로 부모와 분리될 수밖에 없는 아이를 보호하기 위해 마련된 제도다. 시설보다는 가정에서, 한 아이를 책임지고 키우는 것이 목적이다. 그야말로 학대 아동이 곧바로 갈 수 있는 곳이다.

나 역시 7년째 위탁가정으로 살고 있다. 제주가정위탁지원센터를 통해 은지를 소개받았고, 지금도 정기적으로 교육을 받으면서 은지를 키우고 있다. 처음엔 5년 계약으로 시작했는데 계약을 연장하면서 장기 위탁가정이 됐다.

그런 나에게도 '위탁가정'이라는 말은 여전히 낯설다. 지금도 위탁가정을 설명하려면 수십 번 질문을 받고 답을 한다. 위탁부모는 어떤 사람인지, 아이는 언제까지 위탁가정에 맡길 수 있는지, 양육비는 어떻게 하는지, 친부모가 아이를 데려가겠다고 하면 어떻게 하는지….

그만큼 위탁가정이 사람들에게 알려지지 않았기 때문일

것이다. 그동안 위탁가정은 아이가 상처받을까 봐, 혹시나 친자식이 아닌 줄 알면 이상한 눈으로 볼까 봐 비밀처럼 숨죽이며 키워왔다. 그러니 주변에서도 위탁가정을 쉽게 만날 수가 없었다.

하지만 이제는 위탁가정을 알려야 한다. 학대 아동이 갈 곳이 없다고 말하는 지금도, 이미 준비된 위탁가정들이 있지 않은가?

아이 하나를 키우려면 온 마을이 필요하다는 말처럼, 지금은 위탁가정이 본연의 역할을 할 수 있도록 장을 마련해줄 때다. 그러면 이웃들도 함께할 것이고, 그렇게 사회도 변해갈 것이다.


7년 차 위탁엄마인 나는 요즘 은지에게 옛날이야기를 계속 들려주고 있다. 친엄마랑 미혼모 시설에서 살았던 이야기, 은지와의 첫 만남, 우리 집에 와서 3일 내내 울었던 이야기, 은지가 처음으로 걸었던 이야기….

은지는 매번 더 듣고 싶다고 조른다.

"오늘은 은지 한 살 때 이야기해주세요!", "은지 낳아주신 엄마는 지금 어디 살아요? 전화할 수 있어요?", "은지는 배은희 엄마랑 살고, 은지 낳아주신 엄마는 가끔 만날게요!"

갓 여덟 살이 된 은지는 쉬지 않고 이야기한다.

은지의 출생과 성장에 대해 언젠가는 더 자세히 설명해줘야지 생각하고 있었는데, 그 시기가 내 예상보다 빨라질 것 같다. 더 어릴 때는 "은지를 어떻게 낳았어요?", "은지가 배 속에 있을 때 엄마 배도 이만큼 나와서 뚱뚱했어요?" 하는 뜬금없는 질문에 당황했었는데, 이제는 낳아준 엄마와 길러준 엄마를 구분한다. 그리고 너무나 해맑게 친엄마를 만나고 싶다고 한다. "은지야! 은지 낳아주신 엄마 만나면 뭐라고 할 거야?" "음… 어떻게 20살에 은지를 낳았어요? 물어볼 거예요! 히히! 은지가 배 속에 있을 때 배가 나왔냐고도 물어볼 거예요!"

아이는 역시 아이다. 이런 시간을 지나면서 아이의 생각이 커지고 마음도 깊어지겠지. 나는 은지의 성장을 보면서 또 늙어가겠지. 우리의 새해가 더 건강하길 소망하며 오늘도 은지랑 놀이터로 출동한다. 건강해라, 은지야!

　은지가 바라보는 나는 어떤 엄마일까? 눈곱 낀 엄마, 코
고는 엄마, 잔소리하는 엄마, 빨리빨리 하라고 재촉하는 엄
마, 밥하기 싫어서 도시락 사 먹자는 엄마, 다이어트한다면
서 돈가스 먹는 엄마….

　어제는 원고를 쓰다가 "엄마는 똥멍청인가 봐, 어떡해…."
하면서 우는 척을 했더니 은지가 달려와서 내 어깨를 토닥이
며 "아니에요! 우리 엄마 똥멍청이 아니에요. 엄마가 공부를
얼마나 열심히 하는데요." 하고 소리쳤다.

　은지는 나를 위로해주고 싶었는지 색종이로 바람개비를
접어주고, 먹고 있던 과자를 하나 꺼내 내 입에 쏙 넣어줬다.

"엄마? 사랑해요!" 하고 간지러운 웃음을 쏟아내는 은지는 내가 어깨를 빙글빙글 돌리며 피곤해하면, 어느새 뒤에 와서 안마를 해준다.

토요일을 좋아하는 은지, 분홍색을 좋아하는 은지, 몸에 딱 붙는 옷은 싫어하는 은지, 만화책에 빠진 은지, 삼국지, 엉덩이 탐정, 반지의 비밀일기를 킥킥대며 읽는 은지, "그림책은 안 읽어?" 하면 "그건 아기 때 많이 읽었어요!" 하고 다시 만화책을 읽는 은지.

입었던 옷을 허물 벗듯 벗어놓는 은지, 귓가에 삐죽이 뻗치는 곱슬머리가 신경 쓰인다고 물을 묻혀가며 넘기는 은지, 귓바퀴가 조금 접힌 은지, 손톱 발톱이 조금만 거슬려도 불편해하는 은지.

피부가 뽀얀 은지, 눈썹이 짙은 은지, 엉덩이가 사과처럼 톡 튀어나온 은지, 발가락이 동글동글한 은지, 집중할 때 입술을 쭉 내미는 은지, 단단하고 동글동글한 똥을 누는 은지, 선풍기 앞에 머리를 대고 자는 은지.

우린 같이 살아온 시간만큼 속속들이 알고 있다. 은지가 나를 살피다가 안마를 해주듯 나도 은지를 살피다가 등을 긁어주고, 토닥토닥 해주고, 노래를 불러주고, 안아준다. 잠든 은지가 몸을 뒤척이면 이불을 덮어주고, 베개를 바로 놓아주고 입을 맞춰준다.

○○○ 엄마(친엄마), 배은희 엄마(위탁엄마)를 구분해서 얘기하는 은지, 장난감을 갖고 놀다가 "○○○ 엄마랑 살았으면 나 이런 거 없었겠다." 얘기하는 은지, 친엄마 만나면 준다고 종이가방에 차곡차곡 선물을 모으고 있는 은지.

같은 반 친구 이름을 나도 다 알고 있을 거라고 믿는 은지. "걔 있잖아요? 현○○, 걔가 이 옷 예쁘다고 했어요.", "고○○은 교실에서 뛰어다녀요! 근데 걔가 나보고 못생겼대요. 치!" 친구가 마음 상하게 하는 말을 하면 나에게 쪼르르 달려와 하나도 빼놓지 않고 말해주는 은지. 그리고 내가 더 크게 화를 내고 그 친구를 혼내줘야겠다고 말하면 웃으면서 괜찮다고 말하는 은지.

집에 올 땐 꼭 동네 마트에 들러서 간식거리를 사겠다는 은지. 붕어싸만코를 좋아하고, 홈런볼을 좋아하고, 감자칩, 빼빼로, 빈츠, 오감자(양념바베큐 소스맛), 초코송이를 좋아하는 은지. 요즘은 팝잇이랑, 개구리알이 들어 있는 말랑이를 갖고 노는 은지.

그림 그리길 좋아하는 은지, 킥보드 타고 놀이터 나가는 걸 엄청나게 좋아하는 은지, 가정위탁센터에 가는 걸 좋아하는 은지, 머리 자르는 건 싫다고 미용실만 가자고 하면 도리도리하는 은지, 수요일엔 양갈래 머리를 해달라는 은지.

왼쪽 손바닥에 까만 점이 생긴 은지, 왼쪽 눈가에 희미한 점이 두 개 생긴 은지, 목에도 점이 생겨서 "어머! 점순이야?" 했더니, "나 점순이 아니에요!" 하고 바로 쏘아붙이는 은지. "은지는 어떤 아이야?" 물으면 "예쁜 말을 하고, 도와주고, 엄마 공부할 땐 방해하지 않는 아이"라고 우쭐해하는 은지.

도서상품권으로 그림책을 사고 거스름돈을 받으며 "와, 나 돈 벌었다! 와!" 하고 신나서 흥분하는 은지. 용돈이 생기면 뭘 살까 행복한 고민을 하는 은지, 문구점에 새로 생긴 뽑기를 꼭 하겠다고 일어나자마자 세수도 안 한 얼굴로 500원짜리 동전부터 챙기는 은지.

어린이는 콧구멍을 자주 판다는 걸 밤마다 직접 보여주는 은지, 엄마 앞에선 훌러덩훌러덩 옷을 벗고 엉덩이를 흔드는 은지. 무릎이 까져서 밴드를 붙인 은지, 밤 10시가 다 됐는데도 잘 생각을 안 하는 은지. 조금밖에 못 놀았다고 서운해하는 은지.

그리고 그런 은지가 소중해서 하나하나 담고 싶은 엄마, 배은희. 은지가 나를 어떤 모습으로 기억해줄지는 아무런 상

관이 없다. 그저 은지의 모든 순간을 내가 오래 기억할 수 있기를 바랄 뿐이다.

후텁지근했던 하루였다. 은지야, 자자.

## 부모의 조건

믿을 수 없는 뉴스였다. 창녕에 사는 아홉 살짜리 소녀가 부모의 학대를 견디다 못해 집을 탈출했는데, 가고 싶은 곳이 '큰아빠 집'이었고, 그곳이 위탁가정이었다니. 나는 어린 아이의 가출과 학대에 경악했지만 위탁가정을 그리워하는 아이의 마음에도 놀랐다. 아이의 뭉개진 손가락이며, 시퍼렇게 멍든 몸이 그동안의 힘들었던 시간을 대변하는 듯했다.

'위탁가정?'

그 아이가 계속 위탁가정에서 지낼 수 있었다면 얼마나 좋았을까? 위탁부모로 살고 있는 내 입장에선 그 부분이 가장 안타까웠다. 위탁부모는 어디까지나 서류상 동거인이기 때문에, 친부모가 데려간다고 하면 보낼 수밖에 없는 입장이다.

우리 은지도 친부모가 갑작스럽게 데려간다고 한다면, 나는 아이의 뜻이나 앞으로의 생활이 어떨지와는 상관없이 보내야 한다. 위탁가정은 아이를 조건 없이 받아들이고, 정성들여 양육하는 일을 할 뿐이지 법적권한은 없으니까. 아이가 친가정으로 돌아갈 때에는 친부모의 의사가 가장 우선적으로 반영된다.

창녕의 아홉 살 소녀는 친엄마의 출산과 경제적 이유로 2년간 위탁가정에 맡겨졌다고 한다. 그리고 2년의 계약 기간이 끝나면서 다시 친가정으로 돌아간 상황으로 보였다. 사실 가정위탁제도는 계약기간이 끝나도 갱신할 수 있게 되어 있지만 이때 객관적인 상황보다는 친부모의 의견이 가장 중요하다. 만약 연달아 갱신하게 된다면 만 18세까지 위탁가정에서 지낼 수 있다. 창녕의 소녀도 아이의 의사와 위탁부모의 의견을 조금이라도 반영했다면 상황은 달라지지 않았을까?

나도 은지를 키우면서 센터를 통해 은지 친가정의 소식을 종종 전해듣는다. 그때마다 우리 은지가 나중에 그 집으로 돌아가면 어떻게 지내게 될지 상상한다. 배은희 엄마가 못해주는 부분을 낳아주신 엄마가 채워줄 수 있는 부분도 분명히 있겠지만, 걱정되는 부분도 있다.

아이를 낳았다고 다 부모가 되는 건 아니라는 사실을 안다. 희생하고 헌신할 때, 가슴이 미어지며 아이를 품을 때에야 진짜 부모가 되어간다. 몸으로 낳았든 가슴으로 낳았든 아이를 얼마나 사랑으로 품느냐가 부모의 조건이라고 생각한다.

나중에 은지가 어디에서 자라더라도 사랑이 있다면 반듯하고 착하게, 사랑할 줄 아는 아이로 자라리라 믿는다. 20대, 30대를 거쳐 40대에도 육아를 하고 있는 나는 여전히 서툰 엄마지만 생후 11개월이었던 은지를 만나고, 같이 밤을 새우고, 응급실에 달려가고, 가슴을 맞대고 잠들었던 시간이 나를 은지 엄마로 만들었다. 그 시간이 아니었다면 적당한 의무감으로 은지를 적당히 사랑하며 키웠을지 모른다.

너무 힘들어서 포기할까 고민하던 순간에도, 해맑게 웃는 은지 얼굴을 보면 혼자 반성하고 뉘우쳤다. 어떻게 엄마가 힘들다고 엄마이기를 포기할 수 있을까. 그 시간이 없었다면 지금의 나도 없었을 것이다. 혁혁대는 내 일상이 버거워서, 다시 자유롭게 살고 싶어서, 혼자 못된 상상을 했던 시간도 있다. 그 시간을 잘 견디게 해준 게 우리 은지다.

나를 보면 두 팔을 벌리고 달려와 안기는 은지, 열 번 뽀뽀

해야 한다고 입술을 쭉 내미는 은지가 있어서 오늘도 웃는다. 그래, 행복은 필요가 아니라 필수지. 세상의 모든 아이가 이런 행복을 느끼며 살았으면 좋겠다.

한 아이가 집을 탈출해서 가고 싶다고 한 그곳, 그 '위탁가정'에 내가 힘을 보탤 수 있어서 감사하다. 지금도 어느 위탁가정에서는 아이가 행복하게 웃고 있으리라.

한 아이에게 사랑과 행복을 알려줄 수 있는 일, 그게 축복이다. 그렇게 살 수 있다는 게 진정한 축복이다.

## 다섯 가지 사랑의 언어

'우리가 세상에 태어나 경험하는 가장 멋진 일은 가족의 사랑을 배우는 것이다.'

C.S. 루이스의 스승인 조지 맥도널드의 말이다. 이 문장을 읽는 순간, 세상에 태어난 모든 아기가 가족의 사랑을 배울 수 있길 바랐다. 버려지는 아기, 동백꽃처럼 뚝뚝 떨어져 짓밟히는 아기가 없기를 바랐다.

중년이 되어서야 확신했다. 내가 위탁가족으로 사는 건 부모님께 배운 사랑 덕분이라는 걸. 하지만 어릴 때는 몰랐다. 사랑이 어디 있냐고, 사랑은 없다고 대들었다.

아버지가 술에 취해 비틀비틀 걸어오는 게 창피했고, 어머니가 '아이고, 아이고' 한숨을 내쉬는 게 지긋지긋했다. 사랑은 보이지 않았고, 들리지 않았다.

사랑을 받은 사람만 사랑할 줄 안다면 나는 사랑할 수 없는 사람이라 생각했다. 그런 내가 위탁엄마로 살고 있다. 매일 은지를 씻기고, 입히고, 먹이면서 세상에서 제일 귀한 보물로 품고 있다.

은지를 키울수록 깨닫는 건, 나의 부모님이 쉬지 않고 당신의 언어로 사랑을 전해주셨다는 것이다. 어머니는 어머니대로, 아버지는 아버지대로 소소하고 평범한, 그래서 사랑인 줄도 몰랐던 사랑을 계속 전해주셨다는 것이다.


지금도 '아버지' 하면 떠오르는 것이 은단이다. 트로트를 흥얼거리며 손박자를 맞추다가도 나를 보면 눈곱만 한 은단을 한 알씩 주셨다. 입천장에 붙이고 혀로 살살 뭉개면 박하의 화한 맛과 쌉싸래한 맛이 입 안 가득 침을 고이게 했다. 은단은 소리 없이 녹아내렸다. 아버지처럼.

술에 취해 갈지자로 걸어오는 날에도 아버지는 자식들에게 줄 간식거리를 품에 안고 오셨다. 뭉개진 호빵, 짓무른 귤, 부서진 센베이 과자…. 아버지는 그렇게 사랑을 전해주셨다.

나무로 만든 투박한 썰매와 크리스마스 날 양말 안에 들어 있던 동전들, 내 얼굴에 비벼대던 거친 수염은 아버지만의 '사랑의 언어'였다. 아버지는 그 언어로 쉬지 않고 사랑을 전해주셨다.

하지만 나는 사랑을 볼 줄 몰랐다. 들을 줄도 몰랐다. 아버지가 지갑에 있는 돈을 친구에게 주고 비틀비틀 걸어오시면 어머니는 한숨을 쉬셨다. 나도 그 한숨 뒤에서 눈물을 훔쳤다.

아버지는 2015년 4월에 돌아가셨다. 이젠 비틀비틀 걸어오실 아버지도, 뭉개진 호빵도, 짓무른 귤도 없다. 중년의 딸은 아버지가 돌아가신 뒤에야 아버지의 사랑을 희미하게 보고 듣는 중이다.

이제야 아버지의 사랑을 점자처럼 더듬는다. 내 속에 은단처럼 녹아 있는 아버지의 사랑을 흉내 내며 마지막 젊음을 탈탈 털어 은지의 위탁엄마로 살고 있다. 힘에 겨워 입술이 부르트고, 몸이 천근만근 무거운 날이면 부모님 생각이 났다. '나를 이렇게 키우셨겠지, 내가 너무 무지했구나' 하면서.


게리 채프먼은 『행복한 교실을 위한 다섯 가지 사랑의 언어』에서 사람마다 사랑의 언어가 다르다고 했다. 인정하는 말, 함께하는 시간, 선물, 봉사, 스킨십. 이 다섯 가지 사랑의 언어는 혼용되기도 하고, 방언으로 표현되기도 한다고 했다.

그러니 상대방의 사랑의 언어를 잘 파악하라는 것이다.

아버지의 사랑의 언어는 '선물'이었다. 매일 밤 사 오신 간식은 아버지의 사랑이었다. 뭉개진 호빵을 먹지 않고, 짓무른 귤을 버리고, 어머니를 한숨짓게 한 아버지의 언어에 귀를 막은 건 내 무지였다.

세상에 태어나 경험하는 가장 멋진 일이 가족의 사랑을 배우는 것이라면 그 사랑을 나누는 건 가장 의미 있는 일이 아닐까. 내가 위탁엄마로 이렇게 살 수 있도록 사랑을 가르쳐 준 부모님께 감사드린다.

우리 은지도 가족의 사랑을 배우고 행복하게 나눌 수 있길. 4월에 돌아가신 아버지를 기억하며 오늘도 마음을 추슬러본다.

# 봄날의 방구석 콘서트

봄꽃이 피었다. 제주도 구석구석 꽃이 지천으로 피었다. 놀이터에서 뛰어노는 은지 머리 위로 후드득 꽃비가 내렸다. 은지는 떨어진 꽃잎을 주워 다시 하늘 높이 뿌리고는 강아지처럼 뛰어다녔다.

코로나19로 몸을 사리고 있는데 꽃은 여전히 피고 지고, 해는 다시 떠오른다. 예전 같으면 당연하게 생각했을 일인데 요즘은 너무 고맙고 감사하다. 꽃 피는 것도 새롭게 보이고, 그걸 당연하게 생각했던 나 자신도 돌아보게 된다.

오후 출근길이었다. 운전대를 잡고 시동을 켜니까 라디오에서 방송이 흘러나왔다. 진행자는 '방구석 클래식' 코너를 소개했다. 코로나 때문에 공연을 할 수 없는 연주자들이 방구석에서 공연하며 온라인으로 소통한다는 이야기였다.

참신한 아이디어에 나도 빙긋이 웃었다. 뒤이어 바리톤 이응광의 노래가 소개됐다. '개인 연습실에서 노래한 것'이라 음질이 좋지 못하다는 양해의 말에 나도 별 기대 없이 평소대로 운전을 하며 흩날리는 벚꽃 길을 달렸다.

잠시 후 무반주로 굵직한 첫 음절이 들렸다. "저 들에 푸르른 솔잎을 보라" 그 순간 온몸에 소름이 돋았다. '이게 뭐지?' 분명 익숙한 노랜데, 너무나 다르게 들렸다. '도대체 이게 뭐지?' 신호등 앞에서 오른발에 힘을 꽉 주고, 볼륨을 높였다.


저 들에 푸르른 솔잎을 보라

돌보는 사람도 하나 없는데

비바람 맞고 눈보라 쳐도

온 누리 끝까지 맘껏 푸르다

서럽고 쓰리던 지난날들도

다시는 다시는 오지 말라고

땀 흘리리라 깨우치리라

거칠은 들판에 솔잎 되리라

우리들 가진 것 비록 적어도

손에 손 맞잡고 눈물 흘리니

우리 나갈 길 멀고 험해도

깨치고 나아가 끝내 이기리라


"와!" 입이 다물어지지 않았다. 공연장도 아니고 개인 연습실에서 부른 노래, 잡음이 섞인 듯 음질도 안 좋은 그 목소리엔 절절한 진심이 담겨 있었다. 날것 그대로의 진심은 완벽한 무대가 아니어도, 좋은 음향 시설이 아니어도 심장 가득 꽃비를 뿌렸다.

예술을 떠나, 사람의 마음을 움직이는 건 '진심'이 아닐까? 진심을 전할 때 어떤 일이 일어나는지 이미 알고 있는데, 아는 것으로 그치니까 아무 변화도 보지 못했다.

'나는 뭐 하고 있지?', '내 글엔 진심이 있나?'

반성하며 나를 돌아봤다. 이미 만들어진 노래를 부르는 사람도 절절한 마음을 담아 부르는데, 글을 쓰는 나는 뭐 하고 있는 건가 싶었다. 더욱이 위탁엄마로서의 삶을 글로 쓰면서 방구석에서 끙끙대던 진짜 내 이야기는 왜 못 쓰는 건지 괴로웠다.

위탁가정을 시작하면서 처음엔 가족들이 같이 돕겠다고

해서 결정했다. 그런데 시간이 지날수록 내 몫이 커졌다. 식구들은 고민 없이 외출하고, 친구를 만나는데 나는 꼼짝없이 매여서 잠시의 여유도 부릴 수가 없었다.

'내가 왜 이러고 있나? 제정신인가?' 자책한 날도 많았다. 수업하러 나가야 하는데 은지를 봐줄 사람이 없는 날은 급하게 시급 만 원에 아이 돌보미를 이용하기도 했다. 나도 누군가에게 은지를 맡기고 싶었다. 내 자유를 되찾고 싶었다. 그렇게 수없이 갈등하면서 엄마가 되어갔다.


은지를 만난 2015년 3월부터는 학업을 포기했다. 두 아이를 다 키우고 조금 여유가 생겨서 공부를 더 하고 싶었던 때였다. 학비를 내고 새 학기가 오길 기다리고 있었는데 그때 은지를 소개받았다. 결국 육아와 학업을 병행할 수가 없어서 나는 학업을 포기했다.

그 후에 우연히 지역신문사와 인터뷰를 할 기회가 생겼는데, 기자에게 내 상황을 설명하다 "학업을 포기하고…"라는 말을 뱉으며 나도 모르게 목이 메었다. 내 것을 포기하는 게 제일 어려웠다. 지금도 내 시간, 내 돈, 내 에너지가 온전히 내 것이었으면 좋겠다. 아니, 더 많았으면 좋겠다.

그렇게 촘촘히 살아온 시간들. 내가 범인이라서 더 버거웠는지 모르겠다. 이젠 은지도 조금 컸고 스스로 하는 게 많아져서 나에게도 조금의 자유가 생겼다. 포기했던 학업은 다시 시작했다.

지금은 온라인 수업으로 집에 있지만, 지난 학기엔 일주일에 두 번 학교에 가는 날이 제일 피곤하면서도 설렜다. 학교에 가야 하는데 식구들도 은지를 봐줄 수 없는 날은 은지를 데리고 학교에 가기도 했다.

그런 상황에서도 나는 어떻게 해서든 은지를 잘 키워보려고 했는데, 가까운 지인들조차 나에게 완벽한 잣대를 들이댔다. 첫 마음은 점점 잊혀갔고 나는 스스로를 자책하며 몸과 마음이 지쳐갔다.

육아보다 더 힘든 게 편견이었다. 나는 '책임과 의무'는 다 해야 하지만 '법적 권한'은 전혀 없다. 친부모가 아니기 때문에 육아의 모든 과정을 더 완벽한 기준으로 평가받는다.

부당하다는 생각에 속이 부글부글 끓어도 밖에 나가서 말할 수가 없었다. 그저 방구석에서 혼자 중얼거릴 뿐이었다. "이게 뭐야? 이렇게 하면 누가 위탁부모를 하겠어?"

하지만 오늘도 은지는 "엄마!" 하고 달려오고 해맑은 얼굴로 활짝 웃는다. 그 눈동자에서 나를 본다. 은지를 키우면서 이렇게 나를 볼 수 있다면, 조금씩 성장할 수 있다면, 이만한 선물도 없다고 다시 고개를 끄덕였다.

코로나19에도 햇빛은 여전히 찬란하고, 꽃은 지천으로 피었다. 떨어진 꽃을 주워 귀에 꽂은 은지가 포즈를 취하며 씨익 웃었다. 꽃비가 내렸다. 노래하고 싶은 봄날이다.

"우리들 가진 것 비록 적어도 손에 손 맞잡고 눈물 흘리니 우리 나갈 길 멀고 험해도 깨치고 나아가 끝내 이기리라."

# 무조건 너의 편

초등학교에 입학한 지 한 달도 안 된 은지가 학교를 쉬고 싶다고 했다. 학교에서 무슨 일이 있었나? 친구랑 싸운 건가? 공부가 힘든 걸까? 왜 그러는지 궁금해서 모른 척하고 있다가 조용히 물어봐도 이렇다 할 대답을 하지 않았다. 대답을 못 하는 건지, 안 하는 건지 알 수가 없었다.

"은지야 학교 가는 게 힘들어? 그래서 쉬고 싶은 거야?"

"음, 그냥 피곤해서요. 하루만 쉬면 안 돼요?"

같이 아이스크림을 사 먹을 때도, 놀이터에 갈 때도, 아침에 등굣길을 걸을 때도 여러 번 물어봤지만 은지는 피곤하다는 말만 반복했다. 얼마 뒤 저녁을 먹고 장난감을 갖고 놀 때였다. 은지가 무심결에 툭 한마디를 뱉었다.

"엄마, 그런데 우리 1학년 2반 고○○이 나보고 못생겼대요."

혹시 학교를 쉬고 싶다는 게 그 이유일까? 나는 일부러 목소리를 높였다.

"뭐? 고○○? 엄마가 당장 찾아가야겠네, 어디 우리 은지한테!"

새로운 학교생활에 긴장도 되고, 아침에 일찍 일어나는 것도 피곤했을 텐데 같은 반 남자 친구의 말까지 은지의 마음을 힘들게 만든 것 같았다. 학교 가는 건 좋은데, 그런 부수적인 것들이 은지를 피곤하게 만든 거였다. 그제야 은지 마음이 이해가 됐다.

내가 은지를 충분히 더 헤아려줘야 할 것 같았다. 나는 입술을 씰룩이기도 하고 발을 구르고 목소리를 높이면서 은지의 속상함을 풀어주려고 했다. 그런데 은지는 그런 나를 쳐다보면서 빙긋이 웃기만 했다. 그러더니 괜찮다며 오히려 나를 진정시켰다. 고○○은 장난꾸러기고 선생님이 이미 혼내줬으니까 엄마까지 찾아갈 필요는 없다고.

그날 밤이었다. 은지 옆에 누워서 어깨를 토닥이다가 나지막하게 물었다.

"은지야, 은지는 어떤 사람이지?"

"소중한 사람!"

"그래, 은지는 소중한 사람이야! 고○○은 그걸 몰랐나 보다…. 우리 은지는 엄청 소중하고 예쁜데 말이야. 히히."

피곤했는지 금세 잠들어버린 은지의 어깨가 들숨과 날숨에 오르락내리락했다. 은지가 살아갈 인생도 이렇게 오르락내리락하겠지. 올라갈 때 교만하지 않고, 내려갈 때 낙심하지 않으려면 어떻게 해야 할까?

프랑스의 대문호 앙드레 모루아는 온갖 실패와 불행을 겪으면서도 인생의 신뢰를 잃지 않는 낙천가는 대개 훌륭한 어머니의 품에서 자라난 사람이라고 했다. 훌륭한 어머니의 품. 역시 내 몫은 은지를 품어주는 일이었다. 내 품에서 안정감을 느낄 수 있도록. 더 단단해질 수 있도록.

우린 위탁가족으로 묶여 있기에 언젠가는 헤어진다. 그때는 은지가 혼자 감당해야 할 게 많아질 것이다. 그때를 대비해서라도 은지가 얼마나 소중한 아이인지, 마음을 담아 더 자주 말해주려고 한다. 말에는 힘이 있어서 듣는 사람에게도 그 진심이 전달되기 마련이니까.

오르락내리락하는 인생에서도 은지가 신뢰를 잃지 않기를

바라며 꼭 안아주었다. 은지는 내 품에서 손을 꼼지락거리더니 내 가슴을 더듬었다.

"아, 진짜 말랑말랑하고 좋아! 참을 수가 없어!"

우린 또 까르르 웃었다. 아기 때는 내 가슴을 낯설어하더니 요즘은 오히려 장난감처럼 갖고 논다. 손바닥으로 짓누르기도 하고, 조물조물 꼼지락거리며 행복하게 갖고 논다.

"엄마, 내일 학교 갈 거니까 일찍 잘게요."

그러고는 작은 팔로 나를 꼭 안았다. 은지에게 안긴 나는 은지가 잠들 때까지 고운 얼굴을 지켜봤다. 작은 입술이 오물거리고, 그보다 더 작은 콧구멍에서 쌕쌕 따뜻한 봄바람이 불어왔다. 짙은 눈썹이며, 뽀얀 피부며, 안 예쁜 데가 없는 우리 은지다.

"은지야, 엄마는 은지 편이야. 무조건 은지 편이야."

오르락내리락하는 은지의 팔에 안겨서 은지의 앞날이 내내 평안하기를. 어떤 일이 있어도 신뢰를 잃지 않기를 기도했다. 살과 살을 맞댄 깊은 밤, 이렇게 가족의 사랑도 깊어지고 있었다.

## 나오는 말

# 우리는 서로의
# 삶을 구했습니다

우린 서로를 구했습니다.

겉으로 보기엔 내가 은지를 구한 것처럼 보이지만,

내 인생은 은지를 만나면서 이전의 삶에서 구해졌습니다.

어린 은지가 어린 나를 발견하게 했고, 어린 나를 키워야

한다는 절박감을 갖게 했습니다.

배고프다고 우는 은지를 보면서 욕구가 채워지지 않아

투덜대는 나를 봤습니다. 기저귀가 젖어서 우는 은지를

보면서 내가 쏟아낸 것들 때문에 울고 있는 나를 봤습니다.

은지가 울 때마다 어린 나를 안고 달랬습니다.
그래, 그래, 등을 쓸어주었습니다. 울음을 그치고
곤히 잠이 들 때까지 달래고 어르면서 기다려주었습니다.
우린 서로를 비춰주고 키워줬습니다.

나는 오늘도 은지를 통해 어린 나를 발견하고 키워가는
보람을 누리고 있습니다. 아직 한참 멀었지만…,
그래도 희망적이라고 말하고 싶습니다.
어리다는 건 더 자랄 수 있다는 말이니까요.

우린 앞으로도 이렇게 주거니 받거니 하면서 살 겁니다.
눈에 보이는 것과, 보이지 않는 것을….
사실 주고받는 것으로 치면 내가 받은 게 더 많지요.
제주도에 사는 이름 없는 작가가 은지를 만나면서
삶이 작품이 되는 감격을 누리고 있으니까요.

이렇게 오래오래 가족으로 살았으면 좋겠습니다.
성이 다른 비혈연가족을 바라보는 편견이
쉽게 깨지지는 않겠지만,
우리가 이렇게 묵묵히 살아간다면

확실한 증명이 되지 않을까요.

은지를 키우면서 가장 많이 했던 말이 "감사하다"는 말입니다.
건강해서 감사하다, 제 할 말을 다 해서 감사하다….
내가 감사하다고 할 때마다
감사한 일은 더 많이 일어났습니다.
감사는 감사를 낳는다는 걸 또 배웠습니다.

오늘도 감사한 밤입니다.
은지는 안방 가득 책이며, 색종이, 사인펜, 물통을
어질러놓고 어진이 방으로 갔습니다.
어진이 방에 가서 또 한참을 작업(?)하다가 오겠지요.
색종이에 '사랑해요'라고 써서 "엄마, 이거 선물!" 하고
불쑥 내밀지도 모릅니다.

"은지야, 이제 잘 시간이야!" 하면 조금밖에 못 놀았다고
세상에서 제일 슬픈 표정을 지을지 모릅니다.
고양이 세수를 하고, 그림책 한 권을 가지고 오겠지요.
씨익 웃으면서 또 말하겠지요.

"엄마, 이것만 읽고요."

잠도 안 자고 책을 읽겠다는 은지를 보면 신기합니다.

이런 은지도 머지않아 사춘기가 될 테지요.

설마 "엄마가 나한테 해준 게 뭐 있어?" 하며

따지기도 할까요?

그땐 이 책을 건네주려고 합니다.

"엄마는 은지를 키우는 게 예배였어.

엄마 딸이 되어줘서 고마워⋯."


은지를 꼭 안고 마음을 다해 이야기할 겁니다.

그날을 대비해서라도 잘 키워야겠습니다.

내가 은지를 보면서 어린 나를 발견하듯,

은지도 나를 보면서 어른이 되어갈 테니까요.

내가 믿는 만큼 은지가 자랄 테니까요.


책을 마무리하는 지금, 감사가 눈가에 그득히 차오릅니다.

은지를 만난 것도 감사, 글을 쓸 수 있는 것도 감사,

이렇게 7년째 살아갈 수 있는 것도 감사합니다.

우리의 삶이 계속 만들어지고 있다는 게

얼마나 감사한지 모릅니다.

이 책에 눈 맞추고 읽어주는 독자들이 있어서 또 감사합니다.

이게 책이 될까? 누군가 읽어줄까?

고민하면서 글을 다듬고 추렸습니다.

독자들은 어떤 생각을 하면서 읽을까? 어떤 마음이 들까?

심장이 마구 뛰면서 마음이 설렘으로 가득 찼습니다.

내가 조금 더 귀를 기울여서라도

독자들의 이야기를 모두 들을 수 있으면 좋겠습니다.


누군가 이 책에서 반딧불 같은 '사랑'을 읽었다면,

나는 두 손을 들고 노래할 겁니다.

"하늘아, 별들아, 이 사랑스러운 세상아!"

외치면서 덩실덩실 춤을 출 겁니다.


그건 영혼이 영혼에게 말을 걸었다는 거니까요.

우리의 이야기가 당신에게 전달되었다는 거니까요.

노래하고 춤도 추고 오래오래 기억할 겁니다.

독자인 당신의 따뜻한 응원을 소중하게 받을 겁니다.


고맙습니다. 이젠 따뜻한 당신의 자아를 안아주면서

이 책을 덮었으면 좋겠습니다.

모나면 모난 대로, 힘들면 힘든 대로,

당신을 안고, 다독이고, 바라봐줬으면 좋겠습니다.

당신의 삶은 멋진 작품이니까요.


God bless you!


2021년 여름

감사의 마음을 담아

배은희

# 천사를 만나고 사랑을 배웠습니다

**초판 1쇄 인쇄** 2021년 8월 30일
**1쇄 발행** 2021년 9월 9일

**지은이** 배은희
**펴낸이** 김선식

**경영총괄** 김은영
**기획편집** 한나비 **디자인** 심아경 **크로스교정** 조세현 **책임마케터** 박지수
**콘텐츠사업3팀장** 한나비 **콘텐츠사업3팀** 심아경, 이승환, 김은하, 김한솔
**마케팅본부장** 이주화 **마케팅1팀** 최혜령, 오서영, 박지수
**미디어홍보본부장** 정명찬 **홍보팀** 안지혜, 김재선, 이소영, 김은지, 박재연, 오수미, 이예주
**뉴미디어팀** 김선욱, 허지호, 염아라, 김혜원, 이수인, 임유나, 배한진, 석찬미
**저작권팀** 한승빈, 김재원
**경영관리본부** 허대우, 하미선, 박상민, 김민아, 윤이경, 이소희, 이우철, 김재경, 최완규, 이지우, 김혜진

**펴낸곳** 다산북스 **출판등록** 2005년 12월 23일 제313-2005-00277호
**주소** 경기도 파주시 회동길 490 **전화** 02-704-1724 **팩스** 02-703-2219
**이메일** dasanbooks@dasanbooks.com **홈페이지** dasan.group **블로그** blog.naver.com/dasan_books
**종이** IPP **인쇄·제본** 한영문화사 **후가공** 평창피앤지 **후원** 제주특별자치도, 제주문화예술재단

**ISBN** 979-11-306-4051-8 (03810)

다산북스(DASANBOOKS)는 독자 여러분의 책에 관한 아이디어와 원고 투고를 기쁜 마음으로 기다리고 있습니다. 책 출간을 원하는 분은 다산북스 홈페이지 '투고원고'란으로 간단한 개요와 취지, 연락처 등을 보내주세요. 머뭇거리지 말고 문을 두드리세요.